धनक रंग

(महिला उर्दू लेखिकाओं
की कुछ लघु कथाएँ)

संकलित :
फ़रह अंदलीब

© Taemeer Publications LLC

Dhanak Rang (few Short Stories of Female Urdu writers)
Edited By: Farha Andaleeb
Edition: February '2024
Publisher :
Taemeer Publications LLC (Michigan, USA / Hyderabad, India)

ISBN 978-93-5872-830-9
9 789358 728309

लेखक या प्रकाशक की पूर्व अनुमति के बिना इस पुस्तक के किसी भी भाग का उपयोग वेबसाइट पर अपलोड करने सहित किसी भी रूप में नहीं किया जा सकता है। साथ ही, इस पुस्तक के संबंध में किसी भी प्रकार के विवाद को सुलझाने का अधिकार क्षेत्र हैदराबाद (तेलंगाना) न्यायालय का होगा।

© ता'मीर पब्लिकेशंस

किताब	:	**धनक रंग**
संकलित	:	फ़रह अंदलीब
रचना-पद्धति	:	फ़िक्शन
प्रकाशन वर्ष	:	2024
पृष्ठ	:	92
कवर डिज़ाइन	:	ता'मीर वेब डिज़ाइन

विषय-सूची

(1)	अल्लाह दे बंदा ले	रज़िया सज्जाद ज़हीर	4
(2)	ठंडा मीठा पानी	ख़दीजा मस्तूर	19
(3)	चाँद की दूसरी तरफ़	हाजरा मसरूर	32
(4)	एक दोस्त की ज़रूरत है	जिलानी बानो	55
(5)	ज़कात	वाजिदा तबस्सुम	74

(1) अल्लाह दे बंदा ले

रज़िया सज्जाद ज़हीर

जब फ़ख़्रू सिरसी से सम्भल आया तो उसने धोती की जगह तहमद बाँधा। कमरी उतार के कुरता पहना, सम्भल से मुरादाबाद पहुँचा तो तहमद की जगह पाजामे ने और कुरते की क़मीज़ ने ले ली। सिरसी में वो अल्फ़ के नाम लठ्ठा नहीं जानता था, सम्भल में हमारे मामूँ ने उसको उर्दू पढ़ना लिखना सिखाया और मुरादाबाद पहुँच कर वो तो इतना तेज़ हो गया कि हमारे बैरिस्टर मामूँ जो किताब कहते वो अलमारी से निकाल लाता, क़ानून की एक-एक किताब पहचानने लगा, सब क़िस्से दास्तानें रिसाले उसे मालूम हो गए।

लेकिन इस तरक़्क़ी के बावजूद एक कमी उसकी शख़्सियत में रह गई कि वो बूट जूता नहीं ख़रीद सका... बूट उस वक़्त भी काफ़ी महँगे थे, और पाँच रूपये में से तीन रूपया घर भेजने और चार आने महीना मस्जिद में चिराग़ी, चार आने यतीम ख़ाने का चंदा और आठ आने फ़ाख़री दादी के पास जमा

कराने के बाद फिर बचता ही क्या था जो फ़ख़्र बूट जूता भी ख़रीद सकता। आख़िर हर महीना हजामत बनवाता था, बीड़ी, माचिस, धोती की धुलाई, सिरका तेल, ये सब मुफ़्त तो होता नहीं था, इसलिए उसकी शख़्सियत में ये एक कमी रह गई... और दूसरी कमी उसकी ज़हनियत में रह गई थी... कि वो नमाज़ पढ़ने से बराबर इन्कार करता चला गया। तरक़्क़ी के किसी स्टेज पर भी इसउ नमाज़ नहीं पढ़ी, हमारे बैरिस्टर मामूँ को इस मुआमले में उसका ये अड़ियल बैल वाला रवैय्या सख़्त ना-पसंद था।

बैरिस्टर मामूँ कई साल विलायत में रहे थे, सूट पहनते थे, अंग्रेज़ी फ़रवट बोलते थे मगर नमाज़ पाँचों वक़्त की पढ़ते थे। जब वो नमाज़ के लिए बा-आवाज़ बुलंद अज़ान देते तो बाक़ी घरवालों की सिट्टी गुम हो जाती, हर शख़्स उनकी गरज-दार आवाज़ के रौब में आ कर फ़ौरन नमाज़ पर खड़ा हो जाता। हमारे नाना जब तक जिये, इस बात पर बे-हद फ़ख़्र करते रहे कि उनके कई दोस्तों के बेटे तो विलायत जा कर अपना दीन-ओ-ईमान भूल गए मगर उनका बेटा इतने दिनों विलायत रहने के बाद भी पाँचों वक़्त की नमाज़ पढ़ता और तीसों रोज़े रखता था।

अजी उसकी नमाज़ की तो तवायफ़ें तक क़ायल थीं, ऐसी जने कितनी औरतों को उसने नमाज़ सिखा कर उन गुमराहों को दीन-ओ-ईमान का रास्ता दिखाया था।

वैसे बैरिस्टर मामूँ को फ़ख़्रू से मोहब्बत बहुत थी और क्यों न होती, यूँ तो वो उम्र में उनसे बड़ा था, पर आख़िर उन्होंने ही तो उसको जानवर से आदमी बनाया था। ये बात और थी कि अब फ़ख़्रू के बग़ैर उनका कोई काम नहीं हो सकता था, इतना सुस्ता, इतना ज़्यादा काम करने वाला और ऐसा ख़ैर-ख़्वाह नौकर नहीं मिल सकता था... वर्ना कभी-कभी तो वो ख़ुद भी कहते थे कि ऐसे आदमी के हाथ का तो पानी भी न पीना चाहिए, जो कभी एक टक्कर नहीं मारता, जिसके दिल पर अल्लाह ने मुहर लगा दी है!

फ़ख़्रू रोज़े तीसों रखता था, रमज़ान भर जो कुछ हो सकता ख़ैरात करता, मस्जिद में आने वालों के लिए नुक्कड़ की लालटेन में तेल अपने पास से रमज़ान भर डालता... ताकि रास्ते पर रौशनी रहे मगर ख़ुद मस्जिद के अंदर नमाज़ पढ़ने न जाता... और कामों से पचास फेरे मस्जिद के करता। मामूँ रमज़ान के दौरान दो-तीन बार उससे कहते, अबे तेरे

रोज़े रखने से फ़ायदा ही क्या, बे-कार फ़ाक़ा करे है, बग़ैर नमाज़ के कहीं रोज़े हुए हैं।

अजी आपने जो किताब पढ़ाई थी मीर साहब, उसमें तो नमाज़ अलग लिखी हैगी, रोज़ा अलग लिखा हैगा, यूँ तो न लिखा कि नमाज़ बग़ैर रोज़ा न हो सकता या रोज़ा बग़ैर नमाज़ न हो सकती। अब इस सरीही मंतिक़ का मामूँ के पास क्या जवाब था। वो उसे धुतकारते हुए कहते, चल कम-बख़्त दूर हो, लाख तोते को पढ़ाया पर हैवान ही रहा... दिलचस्प बात ये थी कि फ़ख़्रू ने कभी बैरिस्टर मामूँ से इन्कार भी नहीं किया था वो नमाज़ नहीं पढ़ेगा पर कुछ ऐसा हो जाता कि वो साफ़ बच निकलता और फिर मज़े में रहता।

मसलन मग़रिब की नमाज़ के लिए मामूँ मस्जिद जाने लगते तो फ़ख़्रू से भी कहते, अबे चल मस्जिद। मग़रिब और सुबह की नमाज़ वो मस्जिद में पढ़ते थे... पहले घर में अज़ान देते... फिर मस्जिद में जा कर नमाज़ पढ़ते। फ़ख़्रू घर के दफ़्तर वाले कमरे की तरफ़ इशारा करता और बड़ी मासूम-सी सूरत बना कर चुपके से कहता, अजी बड़ा मोटा मुवक्कल है ब्लिष्टर साहब, जो मैं तुम्हारे साथ चला

जाऊँ तो वो मछली की तरह खेल जावेगा, तुम पढ़ याओ नमाज़ जिते मैं इसे बातों में उलझाए हूँ। अब इसके आगे मामूँ क्या कहते!

जब मग़रिब की नमाज़ पढ़ कर वो लौटते तो फ़ख़्रू को मुवक्कल से गपशप करते पाते। कभी-कभी सुबह को वो फ़ख़्रू को आवाज़ देते, अबे आ... मस्जिद जा रहा हूँ। वो चाय की नन्हीं-सी पतीली माँजता हुआ संदले ही पर से बड़े इत्मीनान से जवाब देता, अजी तुम चलो, फ़ाख़री दादी को रात लर्ज़ा चढ़ गया, उनके लिए दो पत्ती चाय दम करके अभी आऊँ हूँ फ़रवट। तुम चलो मीर साहब।

फ़ाख़री दादी बड़ी जलाली सैदानी थी और घर में सबसे ज़्यादा फूस क़िस्म की बुज़ुर्ग, पिचानवे बरस की तो उनकी उम्र थी, लिहाज़ा उनको सबके हालात मालूम थे, हर एक की माँ का मेहर और हर एक के बुज़ुर्गों की ख़राबी या उम्दगी उन को पता थी, उनको गुस्सा चढ़ता था तो वो सात पुश्त तूम के धर देती थीं, ज़ाहिर है उनकी चाय में कौन अड़चन लगा के अपनी सात पुश्त तोमवाता, मामूँ बड़बड़ाते पैर पटख़ते चले जाते। जाड़ों में अक्सर सब लोग रात को खाने के बाद बैरिस्टर मामूँ के कमरे में

जमा हो जाते, क्यों कि वहाँ सबसे बड़ी वाली अँगीठी सुलगती थी... फ़ख़्रू भी वहीं होता... कभी-कभी बैरिस्टर मामूँ उससे बहस करते।

अबे मैं कहूँ हूँ आख़िर तू अल्लाह के घर जाने से क्यों कन्नी काटे है। फ़ख़्रू बड़े भोले-पन से हैरान हो के जवाब देता, अजी लो, अल्लाह के घर जाने से कौन बंदा कन्नी काट सके है। अभी उस दिन न गया था रोज़ा-दारों के इफ़्तार ले के? गे बड़ा देगचा घुँघनी का जल्लो आपा ने हवाले कर दिया कि ले जा मस्जिद, वुनों ने तो किया भी कि फुगना को ले-ले पकड़वाने को, पर मैंने अकेले ही सर पर उठा के मिंटों में पहुँचा दिया कि इफ़्तार हैगी सवाब होएगा... भला पन्द्रह सेर से क्या कम रई होगी घुँघनी... क्यों जल्लो आपा?

अए न डंडी की तली, पूरे अठारह सेर की। जल्लो आपा ने गवाही दी।

अबे वो तो ठीक है पर तू नमाज़ पढ़ने क्यों नहीं जाता? दुआ माँगने से क्यों घबरावे है? बैरिस्टर मामूँ ने साफ़-साफ़ सवाल किया।

अजी वाह मीर साहब, इत्ते बड़े बालिष्टर हो के यही इंसाफ़ करो हो! अजी दुआ न मांगूँ हूँ तो क्या

अल्लाह मियाँ ने यूँ ही सिरसी से मुर्दाबाद तक पहुँचा दिया? अजी मेरे बराबर तो कोई दुआ न माँगता होगा... इत्ती-इत्ती दुआ माँगी तब तो जाके अल्लाह मियाँ ने ये चार हर्फ़ पेट में डाले कि अब दास्तान अमीर हमज़ा की पढ़ सकूँ हूँ। बैरिस्टर मामूँ ज़च हो जाते पर बहस किए जाते... आख़िर वो बैरिस्टर थे। ये सिरसी का लँगोटी बंद उनको जिरह में क्या हरा सकता था। कहते, तू कोठरी में बैठ के ढेरों दुआ माँगे है तो फिर क्या! जमाअत में नमाज़ का हुक्म है ना!

फ़ख़्रू ज़रा-सा झेंप के जवाब देता, अजी बात गे है कि सबके सामने किसी से कुछ माँगते ज़रा शर्म आवे है... और दुआ तो अल्लाह मियाँ हर एक की सुन लेवें हैं मीर साहब... क्या कोठरी की न सुनते? और मौलवी साहब तो उस दिन के रहे थे कि रसूल अल्लाह कभी अपने हुजरे में नमाज़ पढ़ें थे और कभी मस्जिद में और हज़रत यूसुफ़ ने तो क़ैद ख़ाने में दुआ माँगी थी और... मामूँ खिसिया के बोले, और-और के बच्चे क्या बकता चला जावे है, अस्तग़फ़िरुल्लाह, तेरी और नबियों की बराबरी है?

फ़ख़्रू ने कान को हाथ लगाया, तौबा है तौबा है,

अजी में गे थोड़ा ही के रिया हूँ, में तो गे, के रिया हूँ कि गुन्हगार बंदों को तो वही करना चाहिए जो आप करें थे, जब ही तो निजात होवेगी, जब ही तो आप शिफ़ारिश करेंगे... सललल्लाह। उसने अपनी उंगलियाँ आँखों को लगा के चूमीं... मारे अक़ीदत के उसकी आँखें भीग गई थीं। बैरिस्टर मामूँ ने आजिज़ हो के हुक़्क़ा तलब किया और गुड़गुड़ाने लगे। यक़ीनन फ़ख़्रू के दिल पर ख़ुदा ने मुहर लगा दी थी!

फिर एक दिन घर में बड़ा हंगामा मचा। बात ये हुई कि फ़ख़रू के पास एक जोड़ जूता कहीं से आ गया... जूता नहीं बूट... एक दम उम्दा वाला, चमा-चम करता, चाहो तो उसमें मुँह देख लो, उसकी छ नन्ही-नन्ही आँखों में काले ही रेशमी फ़ीते पड़े हुए थे, जिनके आख़िर में सियाह बटन जुड़ा था और बटन में से आख़िर की तरफ़ फ़ीते का बिल्कुल मुन्ना सा, बिल्कुल ज़रा-सा रेशमी फुंदा ऊपर को मुँह उठाए जैसे कोई महबूब अपने भरे-भरे कली से होंटों को सिकोड़ कर सीटी बजा रहा हो।

और फिर अकेला जूता भी नहीं, साथ में एक डिबिया उस पर करने वाली पॉलिश भी और एक ब्रश भी। सब बच्चे बे-हद जोश में थे, बारी-बारी से

जूता उठा के देखते, कोई पॉलिश की डिबिया को गोल-गोल ज़मीन पर नचाता, कोई ब्रश के बालों पर हाथ फेरता, कोई फ़ीते के फँदे पर उंगली छुआता, नूरी आपा ने तो यहाँ तक तजवीज़ की कि जूते का कोई नाम भी रखा जाए। बैरिस्टर मामूँ का भी मूड उस वक़्त अच्छा था। हँस के बोले, हाँ-हाँ ज़रूर रखो... ख़ुदा बख़्श रखो इस जूते का नाम।

सब हँसने लगे मगर फ़ख़्रू संजीदगी से बोले, अजी गे तो ठीक कहो हो मीर साहब, मैंने बहुतेरी दुआएँ माँगी थीं कि अल्लाह मियाँ तुमने सब कुछ दिया बस अब एक बूट जूता और दिलवा दो कईं से, मीर साहब वो जो औरत भगाने वाला मुवक्कल आया था, अजी वही जिसने उझारी वाली तमीज़न की लौंडिया भगाई थी और तुमने विसे साफ़ छुड़ा लिया था तो वो वुन ने मुझसे किया भाई जब में आऊँ था तो तू मेरी बड़ी ख़ातिर करे था, अब में बा-इज़्ज़त बरी हो के घर जारिया हूँ तो बता क्या लेवेगा। सो चुटकी बजाते में, छप्पर फाड़ के अल्लाह मियाँ ने दिलवा दिया गे बूट... अच्छा है न मीर साहब। उसने बड़े प्यार से जूते को देखा।

अए हाँ! बहुत अच्छा है। बैरिस्टर मामूँ बोले, अब

आज तो चल मस्जिद, शुक्राना तो अदा कर। फ़ख़्रू चुप हो गया, झुक के उसने जूते उठाए, बड़ी एहतियात से डिब्बे में रखे, ब्रश जूतों की आड़ में फ़िट किया, फिर डिबिया एक कोने में बिठाई, ढकना ढक के उसे एक सुतली से बाँधा। डिब्बे बग़ल में दबाया और खिसक लिया। शाम को मग़रिब के वक़्त बैरिस्टर मामूँ मस्जिद में दाख़िल हो रहे थे कि उन्हें फ़ख़्रू का साया गली के नुक्कड़ पर दिखाई दिया... नए जूते पहने, नई क़मीज़ का दामन उड़ाता, नए पाएजामे के पाइंचे फटकारता, पान चबाता, एक दोस्त के हाथ में हाथ दिए वो गली में मुड़ने ही वाला था कि बैरिस्टर मामूँ ने ललकारा, फ़ख़्रू... अबे ओ फ़ख़्रू... हियाँ आ... अबे आ हियाँ।

फ़ख़्रू फँस चुका था। उसका दोस्त और वो दोनों आए। चल वुज़ू कर। मामूँ ने हुक्म दिया। फ़ख़्रू कसमसाके बोला, अजी पान खा रिया हूँ मीर साहब... और फिर गे भी तो बात है कि...

कि पान ससुराल वालों ने खिलाया है, थूक न सके है बे-चारा। उसके दोस्त ने टुकड़ा जोड़ा। मामूँ हँसने लगे, ससुराल? कैसी ससुराल... अबे ये चुपके ही चुपके!

फ़ख़्रू ख़ामोश रहा... पर उसका दोस्त बोला, अजी कोई ऐसी-वैसी बात न है, अशराफ़ हैंगे वो लोग भी। अपनी बिरादरी है बालिष्टर साहब, सिरसी के ही, लड़की भी क़ुबूल-सूरत हैगी, नमाज़ पढ़े, कलाम-पाक ख़त्म कर चुकी है, उस दुखिया का घर भी मियाँ के मरने से उजड़ चुका है सो बस जावेगा।

अच्छा, अच्छा चलो वुज़ू करो दोनों आदमी... चलो। मामूँ ने अस्ल बात छेड़ दी। फ़ख़्रू ने बे-बसी से दोस्त की तरफ़ देखा, दोस्त ने उसकी तरफ़, दोनों मिट्टी का बुधना उठा के वुज़ू करने लगे। मग़रिब की नमाज़ के बाद मौलवी साहब रोज़ वा'ज़ कहते थे, आज भी कहा, उसमें काफ़ी देर लगी, कुछ लोग उठ-उठ के चले गए। फ़ख़्रू और उसके दोस्त ने भी कई बार पहलू बदला, पर बैरिस्टर मामूँ ने उनको ऐसा घूरा कि वो फिर दुबक के बैठ गए। आख़िर कार वा'ज़ ख़त्म हुआ। लोग बाहर निकले और फ़ख़्रू को एक ही लम्हे बाद पता चल गया कि उसका नया बूट जूता ग़ायब है।

उसके दोस्त की फटीचर फट्टियाँ उसी तरह महफ़ूज़ रखी थीं। सब लोगों में हिरासानी की एक लहर दौड़ गई। बैरिस्टर मामूँ भौंचक्का रह गए। उन

पर एक-दो मिनट के लिए तो बिल्कुल सकता तारी हो गया, फिर फ़ख़्रू को समझाते हुए बोले, चल जाने दे... होगा। मैं तुझे दूसरा ले दूँगा उससे भी अच्छा...

समझ ले जिस अल्लाह ने दिया था विसी ने ले लिया। फ़ख़्रू पर अभी तक गो सकता तारी था पर ये सुन कर वो बिफर गया। भन्ना के बोला, अजी गे तो मैं कभी न मानने का हूँ कि अल्लाह ने ले लिया... उनने तो मुझे इत्ती दुआएँ माँगने पा दिया था, फिर ले क्यों लेवेगा और विसे क्या ज़रूरत है बूट जूते की... ख़्वामुख़ी को अल्लाह को इल्ज़ाम दो हो बालिष्टर साहब। लिया तो है किसी नमाज़ी ने। अब बैरिस्टर मामूँ क्या कहते। वो तो साफ़ ही ज़ाहिर था कि किसी नमाज़ी ने लिया है। खिसिया के बोले, न जाने कौन था शैतान की औलाद। अजी मस्जिद में नमाज़ के बहाने आवें हैं आदमियों के जूते चुराने। अभी पुलिस में रिपोर्ट करके बंधवाऊँ हूँ।

पुलिस में रिपोर्ट हुई। बैरिस्टर मामूँ ने इनआम का ऐलान किया। दूसरे दिन वा'ज़ में बड़े मौलवी साहब ने भी ख़ूब ला'नत-मलामत की। महल्ले में एक-एक से कहा-सुना गया। पर बूट को न मिलना था न मिला।

चौथे दिन एक अजीब बात हुई। मग़रिब की नमाज़ के वक़्त फ़ख़्रू मस्जिद में पहुँचा, सबको ये मालूम था कि उसका जूता चोरी हो चुका है, लोग उसे देख कर हैरान हुए, पर बोला कोई नहीं। जब नमाज़ ख़त्म हुई और मौलवी साहब वा'ज़ कहने मिंबर की तरफ़ बढ़े तो फ़ख़्रू उनके और मिंबर के बीच खड़ा हो गया और बोला, अजी मौली साहब ज़रा में कुछ कहना चाहूँ हूँ। मौली साहब को उससे हमदर्दी थी, फ़ौरन एक तरफ़ को हो गए।

फ़ख़्रू लोगों को मुख़ातिब करके बोला, भले आदमियों, परसों हियाँ मस्जिद से मेरा जूता चोरी हो गया... नमाज़ियों के सिवा तो कोई हियाँ आता न है सो किसी नमाज़ी ने ही चुराया होवेगा... ख़ैर... पर मैंने गे सोचा कि जिस मस्जिद में जूता गया हुआँ ही गे पॉलिश की डिबिया और गे बुरिश भी चला जावे, सो मैं लेता आया हूँ और आप नमाज़ियों को बख़्श दूँ हूँ, मैं तो अब कभी मस्जिद में आने का न हूँ और ता-ज़िंदगी नमाज़ न पढ़ने का हूँ, पर अल्लाह से दुआ ज़रूर मांगूँगा कि एक बार दिया था सो दूसरी बार भी देवे... और उसकी करीमी से कुछ दूर न है वो फिर देवेगा... ज़रूर देवेगा।

इस तक़रीर के बाद उसने कुरते की एक जेब से पॉलिश की डिबिया और दूसरे से ब्रश निकाला और मस्जिद के एक कोने में उछाल दिया... फिर बाहर निकल कर अपनी पुरानी स्लिपरें पहने और रवाना हो गया।

जब मेरी उम्र कोई सात-आठ साल की थी तो फ़ख़्रू काफ़ी बूढ़े हो चुके थे, ड्योढ़ी में बैठे खाँसा करते थे, पोतों, पड़पोतों वाले थे, मगर हर बार जब हम लोग अपने नन्हिआल जाते तो मैं एक-एक से ये क़िस्सा सुनती। इस वाक़ए के बाद वो न कभी मस्जिद गए न कभी उन्होंने नमाज़ पढ़ी... हस्ब-ए-आदत नमाज़ का ज़िक्र सुन कर वो कुछ नहीं कहते थे। कभी कभार मुस्कुरा देते। लेकिन अगर कोई ये कह देता कि अल्लाह की मर्ज़ी यूँ ही थी, ख़ुदा का करना यूँ ही था तब वो बे-हद बिगड़ते, बे-हद ख़फ़ा होते, अजी वाह ख़ूब कहो हो, अल्लाह का करना था, अजी वो तो देवे है उसे ले के क्या करना है। ले तो है इंसान, छीने है तो बंदा और नमाज़ी बंदा की तो जब निय्यत बदले है तो ऐसी बदले है कि जिसकी कुछ ठीक न है। समझे है कि नमाज़ पढ़ूँ हूँ तो सात ख़ून मुझको माफ़ हो जावेंगे, जाने है कि अल्लाह

कुछ कहने को आने से रिया, गवाही देने से रिया, अपनी सारी की कराई, अगली पिछली गौड़ी समेटी और अल्लाह के सर थोप दी। अपने हाथ झाड़ के अलग हो गए... और ख़्वामुख़ी अल्लाह को इल्ज़ाम... क्या इंसाफ़ करो हो... वाह जी वाह!

(2) ठंडा मीठा पानी
ख़दीजा मस्तूर

अब जंग ख़त्म हो चुकी है, जगह-जगह पर खुदी हुई हिफ़ाज़ती ख़ंदक़ें पट चुकी हैं, जिन लोगों के घर तोप के गोलों से मलबे में तबदीली हो चुके थे, उन घरों को फिर से आबाद किया जा रहा है, फ़ायर-बंदी हुए भी अ'र्सा गुज़र गया, जब जंग शुरू' हुई थी तो ख़िज़ाँ का मौसम था, फिर सर्दी पड़ी और अब बहार आई हुई है, अब लोग उसी तरह मसरूफ़ और ख़ुश-नज़र आते हैं जैसे जंग से पहले थे, मंदे कारोबार फिर से चमक उठे हैं।

पता नहीं कि छः सात महीने गुज़रने के बा'द लोगों को अब वो जंग के ज़माने की अज़ीयतें याद भी होंगी कि नहीं, दुनिया की हमा-हमी बड़ी जल्दी सब कुछ भला देती है, मगर मैं दूसरों की बात क्या करूँ, अपनी कहती हूँ कि अब भी जब कभी-कभार रात को मैं चाँदनी को ज़मीन पर लोटती देखती हूँ तो मुझे फीकी मा'लूम होती है, मुझे ऐसा लगता है कि चाँद आज भी अपने पड़ोसी मुल्क की शिकायत

कर रहा है, अब अगर कोई कहे कि चाँद न कुछ कहता है न सुनता है, ये सब शाइ'रों और अदीबों की बातें हैं तो ठीक है, ऐसी बातें सोचने ही से तअ'ल्लुक़ रखती हैं, मैं अफ़्साना-निगार हूँ, चाँद के लिए मेरे अ'जीब से एहसासात हैं, जब मैंने सुना था कि रूसी लूना नंबर 9 चाँद पर उतर गया तो इंसानी ज़हन की रसाई ने मेरे दिल में इंसान की और भी इ'ज़्ज़त पैदा कर दी थी मगर मेरे दिल के एक गोशे से हूक भी उठी थी, मैंने एक-बार चाँद को ग़ौर से देखा था तो यक़ीन जानिए कि मेरी इन इतनी कमज़ोर आँखों ने चाँद पर रूसी झंडा गड़ा देख लिया था, मैंने चाँद पर चरख़ा कातती हुई बुढ़िया की लाश तक देख ली थी, लूना ने उसका चरख़ा तोड़ दिया था।

पता नहीं चाँद पर इंसान की फ़त्ह के बा'द क्या होगा, कितना फ़ाइदा पहुँचेगा और कितना नुक़्सान, मगर अभी तो मुझे सिर्फ़ ये महसूस होता है कि उन ज़मीन के बासियों से कुछ छिन गया है, मुझे तो अब चाँद को देखकर किसी हसीन तसव्वुर को ज़हन में लाते भी बौखलाहट होती है, मेरे तसव्वुर की दुनिया में अब इ'श्क़-ओ-मुहब्बत के इस सुनहरे गोले

से छनती हुई चाँदनी में कोई अपने महबूब की याद में रोता नज़र नहीं आता, जब मैं ये सब कुछ देखने और महसूस करने की कोशिश करती हूँ तो मुझे ख़याल आने लगता है कि जाने चाँद पर कौन-कौन सी धातें होंगी और जाने उन धातों से इंसान की आबादी और बर्बादी के कौन-कौन से बाब लिखे जाएँगे, जाने कब ये चाँद भी जंग का मैदान बन जाए।

अभी-अभी चाँद के तसव्वुर पर छाए हुए अँधेरे में भटक रही थी कि सर-ए-शाम चमकने वाले तारे ज़ुहरा पर भी रूसी झंडा गड़ गया, अब मैं किसी की चमकती हुई रौशन आँखें देखकर कैसे कहूँगी कि उनमें तारे कूट-कूट कर भरे हुए हैं, अब मैं कैसे कहूँ कि लोगो जब तुम दुनिया की मुसीबतें झेल-झेल कर थक जाओगे तो तुम्हारे लिए कोई हसीन तसव्वुर बाक़ी नहीं रह जाएगा, तुम चाँदनी में बैठ कर ज़िक्र-ए-महबूब के बजाए चाँद पर पाई जाने वाली धातों की बात करोगे और रातों को जब तुम्हें अपने महबूब का फ़िराक़ सताएगा तो तुम तारे गिनने के बजाए ज़ुहरा पर बंगला बनाने की सोचोगे।

हाँ तो मैं क्या कह रही थी और बात कहाँ से

कहाँ पहुँच गई, मैं कह रही थी कि मुझे आज तक चाँद शाकी नज़र आता है, आज भी जब किसी आस-पास के घर में शादी पर गोले छोड़े जाते हैं तो मुझे तोपों की गरज और बमों के धमाके याद आ जाते हैं, आज भी जब मैं किसी वक़्त बावर्चीख़ाने में जा निकलती हूँ तो खूँटी पर लटकी हुई लालटैन को देखकर मुझे सतरह रातों के अँधेरे याद आ जाते हैं, इसी लालटैन की मद्धम लौ के सहारे हम एक दूसरे को देखने की कोशिश करते, चलते फिरते हुए, मेज़ों, कुर्सियों और पलंगों से टकराते, कई दफ़ा' घुटने फूटे, उंगलियों से ख़ून बहा, इस लालटैन की चिमनी आज तक किसी ने साफ़ नहीं की, मैं चाहती हूँ कि इसे कभी साफ़ न किया जाए ताकि मैं याद रखूँ कि जंग के दिनों की रातें सियाह होती हैं। मुझे अम्न से मुहब्बत है, मुझे जंग से नफ़रत है, मगर मुझे उस जंग से भी अम्न की तरह मुहब्बत है जो इंसान अपनी आज़ादी, अपनी इ'ज़्ज़त और मुल्क की बक़ा के लिए लड़ता है।

हाँ तो मैं कह रही थी कि जंग ख़त्म हो गई है मगर मैं जब तक ज़िंदा हूँ मेरी यादें ख़त्म न होंगी, अब मैं आठ-दस साल के बच्चे को कैसे भूलूँ जो

जंग के ज़माने में मेरे क़रीब के घर की छत पर खड़ा पतंग उड़ा रहा था, उस दिन इतने जहाज़ उड़ रहे थे कि कान पड़ी आवाज़ सुनाई न देती थी, ये मा'लूम होते हुए भी कि ये अपने जहाज़ हैं मेरा दिल ख़ौफ़-ओ-दहशत से लरज़ रहा था, मैंने चीख़ कर लड़के से कहा कि, "छत से उतर जाओ।"

वो कहने लगा, "दुश्मन के जहाज़ आए तो इस पतंग से गिरा लूँगा, में आपकी तरह डरता नहीं।"

एक लम्हे को मैंने अपने धड़कते और लरज़ते दिल को ठहरा हुआ पाया, मगर दूसरे ही लम्हे जब एक और तय्यारा गुज़रने लगा और सायरन की ख़ौफ़नाक आवाज़ गूँजी तो मैं दहशत के मारे चीख़-चीख़ कर परवेज़, अपने बेटे को पुकारने लगी, वो जाने किधर चला गया था, उसे पुकारते-पुकारते मैं घर में आ रही कि कहीं किरन न डर रही हो, शुक्र है कि परवेज़ दूसरे कमरे में बैठा पढ़ रहा था, वो किताबें छोड़कर आप ही मेरे पास आ गया था, उन दिनों जाने मुझे क्या हो गया था कि हर वक़्त बच्चों को नज़रों में रखती, मेरा बस नहीं चलता था कि सीना चीर कर उन्हें छिपा लूँ, जंग की कोई परछाईं उन पर न पड़ने पाए, एक फ़िल्म में देखा हुआ वो

सीन बार-बार मेरी नज़रों में घूम जाता जिसमें बमबारी के बा'द बिखरी हुई लाशें दिखाई गई थीं और उन लाशों के बीच में एक नन्हा सा बच्चा रो-रो कर जाने किसे तलाश करता फिर रहा था।

मगर उस वक़्त जब मैं किरन और परवेज़ को अपने पास बिठाए हुए थी, तो जाने क्यों मुझे उनकी हिफ़ाज़त करने का कोई जज़्बा सता रहा था, मुझे बराबर वो पतंग उड़ाने वाला बच्चा याद आ रहा था, क्या वो अब भी पतंग उड़ा रहा होगा, अल्लाह ये आज़ादी का जज़्बा क्या चीज़ है जिसे आज तक कोई ताक़त फ़त्ह नहीं कर सकी और क्या ये जज़्बा इतनी नन्ही-नन्ही जानों की रूहों में भी हलूल कर जाता है। पता नहीं बड़े-बड़े मुल्कों के हुक्मरान भी कभी इसी तरह सोचते होंगे कि नहीं, वो तो यही समझते होंगे कि बड़ी मछली छोटी मछलियों को निगल सकती है, इंसानों और मछलियों में भला उन्हें क्या फ़र्क़ लगता होगा, हालाँकि वियतनाम ने सारी दुनिया में ढिंडोरा पिटवा दिया है कि ये तालाबों और समंदरों से निकली हुई ज़र्ब-उल-मसल काम न आएगी।

जंग को सिर्फ़ चंद ही दिन गुज़रे थे तो ज़हीर ने

फ़ैसला किया कि बच्चों को लाहौर से हटा दिया जाए ताकि वो रात-दिन के ख़ौफ़नाक धमाकों से ख़ाइफ़ न हों, मैंने सख़्त एहतिजाज किया क्योंकि मैं अपने सारे प्यारों को छोड़कर दूर नहीं जाना चाहती थी मगर किरन, मेरी बेटी की सहमी हुई आँखों ने मुझे मजबूर कर दिया कि इस नन्ही सी जान को यहाँ से ले जाना ज़रूरी है, दूसरे दिन मैं और दोनों बच्चे ब-ज़रआ'-ए-कार मुल्तान रवाना हो गए, लाहौर की सर-ज़मीन को मैंने किस तरह कलेजे से लगा कर रुख़्सत क्या, ये सिर्फ़ मैं जानती हूँ, मैं उस वक़्त कितनी जज़्बाती हो रही थी, शायद मैं रोई भी थी, रास्ता किस ख़राबी से गुज़र रहा था, मैं सारी के पल्लू में मुँह छुपाए निढाल सी पड़ी थी, एक जगह कार झटके के साथ रुक गई और जब देर तक न चली तो मैंने सर उठा कर बाहर देखा, फ़ौजियों से भरी हुई गाड़ियाँ क़तार से खड़ी थीं और सड़क की ख़राबी की वज्ह से एक-एक कर के आहिस्ता-आहिस्ता गुज़र रही थीं।

मैंने सोचा कि जाने ये सब किस महाज़ पर जा रहे होंगे और इनमें कितने वापिस आएँगे, मैंने दिल ही दिल में उन्हें अलविदा' कही और फिर मुँह छिपा

लिया लेकिन दूसरे ही लम्हे तालियों की आवाज़ ने मुझे उनकी तरफ़ मुतवज्जेह कर दिया, सबसे पिछ्ली गाड़ी में खड़े हुए फ़ौजी भंगड़ा नाच रहे थे, फिर मेरे देखते देखते सारी गाड़ियों में भंगड़ा शुरू' हो गया, वो ज़ोर-ज़ोर से हँस रहे थे, कुछ के होंटों में सिगरेटें दबी हुई थीं, उनकी तालियों में इतना जोश था कि ख़ुदा की पनाह मैं उन्हें देख रही थी मगर मुझे अपनी आँखों पर यक़ीन न आ रहा था, या अल्लाह क्या सच-मुच ये तोपों और गोलियों का मुक़ाबला करने जा रहे हैं? मैं आँखें फाड़-फाड़ कर उनके चेहरे तक रही थी, सच कहती हूँ उन चेहरों पर फ़िक्र की ज़रा सी धूल न थी, उन चेहरों पर फूल खिल रहे थे।

मैंने महसूस किया कि लाहौर और मेरे अपने मुझसे जुदा नहीं हुए, मेरा जी चाह रहा था कि कूद कर कार से निकल भागूँ और उनके साथ नाचने लगूँ और अगर नाच भी न सकूँ तो चीख़-चीख़ कर सारी दुनिया में अपनी आवाज़ पहुँचा दूँ कि ये नाच बहुत ही ख़तरनाक होता है, इसका कोई मुक़ाबला नहीं कर सकता। फिर वो फ़ौजियों से भरी हुई गाड़ियाँ आगे बढ़ गईं मगर मैं उन्हें हद-ए-नज़र तक देखती रही,

उनकी तालियों की आवाज़ सुनती रही, अपने आपसे पूछती रही कि क्या मैं मौत से डरती हूँ, ज़िंदगी में पहली बार मुझे मौत शहद का घूँट महसूस हो रही थी।

जंग के दिनों में कैसी उचाट सी नींद आती थी, मुल्तान की दूसरी रात थी, हमारे मेज़बान और सब बच्चे सो रहे थे तो मेरी आँख खुल गई, मुझे हवाई जहाज़ों की तेज़ गड़गड़ाहट सुनाई दे रही थी, मैंने उठकर कमरे की खिड़की से बाहर झाँका तो दूर आसमान पर सुर्ख़ रोशनी नज़र आ रही थी, मैंने सोचा कि मेज़बान को जगा दूँ और उनसे पूछूँ कि ये सब क्या है कि इतने में एक ज़ोर का धमाका हुआ, खिड़कियों के शीशे झनझनाए और दर-ओ-दीवार इस तरह हिले जैसे सर पर आ गिरेंगे, अब कुछ मा'लूम करना बेकार था, सब लोग जा कर इधर-उधर फिर रहे थे, मेरे बच्चे पुकार रहे थे, मैंने जल्दी से सबको मश्वरा दिया कि बीच की गैलरी में मेज़ों के नीचे बैठ जाओ।

फिर एक और धमाका हुआ जो पहले से शदीद था, मेज़ों के नीचे बैठे हुए बच्चे एक दूसरे से टकरा गए, मैंने किरन को अपने क़रीब कर के लिपटा

लिया और परवेज़ के कान में चुपके से कहा कि, "मौत से नहीं डरते, तुम्हें तो वो भंगड़ा नाचते फ़ौजी याद हैं ना?"

वो हँसा और डट कर बैठ गया, मगर मैंने महसूस किया कि वो काँप रहा है, चंद लम्हों बा'द फिर लगातार दो धमाके हुए मगर वो शदीद नहीं थे, दूर की आवाज़ थी, फिर फ़ौरन ही एक जहाज़ मकान की छत से गुज़रता हुआ मा'लूम हुआ, मुझे एक लम्हे को सारे बिछड़े हुए अ'ज़ीज़ याद आ गए, मुझ पर सख़्त मायूसी का ग़लबा हुआ, अपनों से दूर परदेस में मर जाना कितना हसरतनाक होता है, मैंने तसव्वुर की दुनिया में सबको एक-बार देखा मगर पलक झपकते वो सब ग़ायब हो गए, दो जहाज़ एक साथ छत पर से गुज़र रहे थे, मैंने ख़ुदा को याद क्या, इस कठिन वक़्त के गुज़र जाने की दुआ' की और मुझे बड़ा सुकून मिला।

जहाज़ों की आवाज़ लम्हों के अंदर दूर होते होते ग़ायब हो गई, फिर देर तक न कोई धमाका हुआ और न कोई जहाज़ गुज़रा, मुकम्मल ख़ामोशी तारी थी, बस किसी-किसी वक़्त साथ के मकान से कुत्ते के भौंकने की और रोने की आवाज़ आ रही थी।

थोड़ी देर बा'द क्लीयर का सायरन हुआ तो हम सब अपनी जगहों से उठ खड़े हुए, मेरी मेज़बान ख़ातून जो पूरे वक़्त अपने तीन साला बच्चे पर झुकी बैठी रही थीं, पहली बार बोलीं, "आपा जी, बच्चे कितने प्यारे होते हैं अगर धमाके से छत गिरती तो पहले मुझ पर आती, मुन्ना तो मेरे नीचे छुप कर बिल्कुल महफ़ूज़ रहता ना।" और फिर वो मेरा जवाब सुने बग़ैर अपने कमरे में चली गईं।

बच्चे जल्द ही सो गए मगर मैं सारी रात जागती रही, मुझे बराबर ये ख़याल आ रहा था कि जिस जगह बम फटे होंगे वहाँ का क्या नक़्शा होगा, वहाँ मा'सूम बच्चों और औ'रतों पर क्या गुज़री होगी, मैंने ये सोच कर कितनी ही बार अपने सोए हुए बच्चों को ज़ोर-ज़ोर से लिपटाया, मुझे अँधेरे में बे-शुमार बच्चों की लाशें नज़र आ रही थीं, मुझे ज़ख़्मी बच्चे तड़पते दिखाई दे रहे थे। रात तड़पा कर गुज़र गई, सुब्ह तड़के मैं अपने मेज़बान के साथ उन जगहों पर जाने के लिए तैयार हो गई जहाँ बम गिरे थे। मुल्तान से दो तीन मील दूर जब रुके तो वहाँ लोगों का हुजूम लगा हुआ था, उस छोटे से गाँव में बहुत से कच्चे मकान और झोंपड़े बिखरे पड़े

थे, औ'रतें झोंपड़ों तले दबे हुए सामान को निकाल रही थीं, हर तरफ़ बर्तन लुढ़क रहे थे।

बच्चे बेहद सहमे नज़र आ रहे थे, कई बच्चों के सरों और पैरों पर पट्टियाँ बंधी हुई थीं, कुछ औ'रतें यूँ हाथ पर हाथ धरे बैठी गिरे हुए झोंपड़े को देख रही थीं जैसे सब कुछ लुट गया हो, उनके ये झोंपड़े नहीं महल थे जो ढह गए, मर्द आए हुए लोगों को बता रहे थे कि कोई जानी नुक़्सान नहीं हुआ। मैं बेचैनी के साथ खड़ी इधर-उधर देख रही थी, इस इतने बड़े हुजूम के बावुजूद मुझे वीरानी लग रही थी, फिर भी ये सुनकर कि कोई जानी नुक़्सान नहीं हुआ, मुझे बड़ा इत्मीनान हो गया। मैं जहाँ खड़ी ये सब कुछ देख रही थी, उससे कोई साठ सत्तर गज़ के फ़ासले पर बहुत से आदमी खड़े थे और झुक-झुक कर न जाने क्या देख रहे थे, चपरासी ने पूछने के बा'द बताया कि उस जगह बम गिरा था।

थोड़ी देर बा'द जब लोग वहाँ से हट गए तो मैं भी वहाँ तक पहुँच गई, बम गिरने की जगह पर एक छोटा सा कुँआ बन गया था और उस कुँए के क़रीब एक बूढ़ा शख़्स सफ़ेद चादर बिछाए हुए बैठा था, चादर पर बे-शुमार सिक्के पड़े हुए थे, मुझे

देखते ही बूढ़े ने आवाज़ लगाई, "चंदा दो बेगम साहिब, इस जगह कुँआ खुदेगा और यहाँ से ठंडा मीठा पानी निकलेगा।" मेरे पर्स में जो कुछ था वो चादर पर डाल दिया तो बूढ़ा जैसे तरंग में आकर ज़ोर-ज़ोर से आवाज़ें देने लगा, "ठंडा मीठा पानी साईं ठंडा मीठा पानी!"

(3) चाँद की दूसरी तरफ़

हाजरा मसरूर

ताजमहल होटल के सामने से पहले भी कभी.कभार गुज़रा हूँ। लकड़ी के भद्दे से केबिन और सीमेंट के ठड़े वाली चाय की दुकान पर "ताज-महल होटल" का बोर्ड देखकर मुस्कुराया भी हूँ। लेकिन पिछले दो महीने से ये होटल मेरी ज़िंदगी के नए रास्ते का एक अहम मोड़ बन गया है। जहां मैं अपनी पुरानी साईकिल को हर.रोज़ ब्रेक लगाता हूँ और एक पांव फुटपाथ पर टिका कर बे-फ़िक्रों की तरह बूढ़े दुकानदार से कहता हूँ, "दो प्याली स्पेशल चाय इधर भिजवा दो।"

"अभी लीजिए हुज़ूर। बस आपके पहुंचने की देर है।" वो बड़ी मुस्तअ'दी से जवाब देता है और पंखे से कोयले धौंकता हुआ गलगुती छोकरा मुझे देखकर मुस्कुराता है और वाक़ई' अभी मैं अपनी साईकिल को बरामदे के पास रोक कर ताला लगाता हूँ। "शह के मुसाहिब" वाले सलाम क़बूल करता, जब्बार के कमरे में क़दम रखता हूँ कि गलगुती छोकरा तीर

की तरह वहां पहुंच जाता है। दूध शक्कर मिली चाय की केतली और दो साबित प्यालियों से सजी ट्रे जब्बार के सामने रख देता है, उसे सलाम करता है और कमरे से हवा हो जाता है।

अच्छे मेज़बानों की तरह आज भी जब्बार ने ख़ुद ही प्यालियों में चाय उंडेली, पहली मेरी तरफ़ बढ़ाई और दूसरी प्याली से ऐसे ज़ोरदार घूँट लिये जैसे हुक़्क़े के पेंदे से चाय खींच रहा हो।

मेरे साथ चाय पीते हुए जब्बार हमेशा शे'र-ओ-अदब की बात इस तरह छेड़ता है जैसे मुदारात के तौर पर केक के टुकड़े मुझे पेश कर रहा हो। ये लम्हे मेरे लिए दूभर होते हैं क्योंकि मेरे सामने अपने डेस्क इंचार्ज का चेहरा होता है। जिसने दफ़्तर में क़दम रखते ही पहले दिन जता दिया था कि "देखिए साहिब ख़्याल रहे। ये अफ़साना नवीसी तो है नहीं कि जब तक चाहे बैठ कर अलफ़ाज़ के मोती जड़ते रहे। यहां तो घड़ी की सुईयां देखकर काम करना होता है। समझे आप?"

मैंने तो अपने इंचार्ज साहिब की बात समझ ली थी लेकिन जब्बार को नहीं समझा सकता था। इस लिए हस्ब.ए.मा'मूल आज भी जब्बार बरसों पहले

पढ़ी हुई एक कहानी का ज़िक्र कर रहा था तो मुझे महसूस हुआ कि मेरा सर पत्थर का हो गया है। और मेरा जी चाहने लगा कि ये पत्थर अपने हाथों से उठा कर जब्बार के मुँह पर दे मारूं लेकिन जब्बार जूं ही चाय का आख़िरी घूँट लेकर अपनी मूँछें पोंछता है और मेज़ का दराज़ खोलता है तो मेरे दिल में जब्बार के लिए स्कूल और कॉलेज के ज़माने वाला प्यार हलकोरे लेने लगता है।

"अच्छा यार, अब तुम अपने राशन का कोटा सँभालो।" जब्बार बड़ी वज़्अ'-दार से यही फ़िक़रा रोज़ कहता है। इस के बावजूद ये फ़िक़रा सुनकर मेरी मुसलसल बेमा'नी सी मुस्कुराहट बे-साख़्ता क़हक़हे में तबदील हो जाती है। जब्बार का ये फ़िक़रा दिलचस्प हो या न हो। उसमें सच्चाई ज़रूर थी।

"मजीद देखो, अंदर किसी को न आने देना मैं काम कर रहा हूँ।" जब्बार ने दरवाज़े वाले सिपाही को रोज़ की तरह हुक्म दिया और थाने का रोज़नामचा यूं खोला जैसे किसी अमीर मरने वाले का वसीयत नामा, और मेरी नज़रें उस पर भीगी मक्खियों की तरह रेंगने लगीं। उस रोज़नामचे में

दर्ज होने वाले जराइम हम दोनों की रोज़ी का जवाज़ हैं। जब्बार छः सात साल पुराना पुलिस अफ़्सर है और मैं एक नए अख़बार का दो माह पुराना क्राइम रिपोर्टर हूँ। जब्बार के अब्बा पुलिस से रिटायर हुए तो पोलीटिकल ब्रांच में उनकी ख़िदमात के पेश-ए-नज़र जब्बार को मुलाज़मत बी.ए. के इम्तिहान का नतीजा निकलते ही मिल गई।

मेरे अब्बा स्कूल मास्टर थे इसलिए वो मुझे आ'ला ता'लीम के बाद कम अज़ कम यूनीवर्सिटी लेक्चरर तो देखना ही चाहते थे। इसलिए मैं पढ़ता रहा लेकिन मुश्किल ये थी कि स्कूल मास्टर की ख़िदमात के इंदिराज का कोई ख़ाना तो होता नहीं। इसलिए मुझे यूनीवर्सिटी क्या स्कूल में भी मुलाज़मत न मिली। उस ज़माने में जब्बार कभी मिलता तो कहता, "यार घर बसाने चलोगे तो रिसालों मैं तुम्हारा नाम छपने से काम नहीं बनेगा। इसलिए कोई नौकरी ढूंढ़ो कोई नौकरी।" और अब बिल्कुल इत्तेफ़ाक़न मुझे ये नौकरी मिल गई। जिसे पक्की करने में जब्बार एक अच्छे दोस्त की तरह मेरी मदद कर रहा था। वो न सिर्फ अपने थाने में रिपोर्ट होने वाले जराइम की तफ्सील मुझे लिखवाता

बल्कि दूसरे थानों से भी मेरा काम निकलवा देता, वर्ना एक नए अख़बार के अनाड़ी रिपोर्टर को दफ़्तर में अच्छी कारकर्दगी दिखाने में ख़ासी परेशानी होती।

मैंने अपनी नोट बुक और पेंसिल संभाली तो जब्बार ने कल शाम से आज तक होने वाले जराइम की ता'दाद और फिर सबसे पहले रिपोर्ट में क़त्ल के केस की तफ्सीलात मुझे बताईं। मैंने एम.ए. नफ़सियात को भुला कर ख़ालिस अख़बारी अंदाज़ से मुहब्बत की मुजरिम अठारह साला ख़ूबसूरत मक़्तूला को बदकिर्दार और साठ साला क़ातिल को ग़ैरतदार शौहर का लक़ब देकर लिखना शुरू ही किया था कि जब्बार के कमरे के बाहर एक हंगामा हुआ जिसमें मजीद और दूसरे सिपाहियों की गालियों के साथ कोई पागलों की तरह चिल्ला रहा था, "मुझे अन्दर जाने दो। अभी अंदर जाने दो", और फिर ख़ासी धमाचौकड़ी हुई।

"न जाने कौन माँ का... है।" जब्बार ने अपनी हुक्म उ'दूली के ख़्वाहिश मंद अनदेखे आदमी को गाली दी मगर गाली का लफ़्ज़ मुँह में गुड़गुड़ा कर निगल गया। मेरी मौजूदगी में वो अब भी ज़रा झिझकता था।

"आने दो भाई मैं अपना काम करता रहूँगा।" मैंने जल्दी जल्दी पेंसिल घसीटते हुए कहा। मैं अपना काम जारी न रख सका। क़त्ल और ख़ून की ख़बरें बनाना और बात है ख़ून बहते देखना और बात... अंदर आने वाले के माथे से बहता हुआ ख़ून उसके चेहरे को अ'जीब भयानक रंग देता हुआ उसके ओवरकोट पर टपक रहा था। मैंने चकरा कर अपने हलक़ में उबकाई रोकी।

"जनाब मैंने तो इस आदमी को सिर्फ अंदर आने से रोका था। उसने अपना सर दीवार से टकरा कर ख़ुद फोड़ा है। ये इक़दामे ख़ुदकुशी का केस है।" अंदरआते हुए सिपाहियों में से एक ने केस की नौई'यत का फ़ैसला तेज़ी से कर दिया और जब्बार ने घूर कर उसे देखा। थाने के अहाते में किसी का यूं खुले बंदों ज़ख़्मी होना ख़ासी अहम बात हो सकती है।

"इसे बिठा दो। इसका ख़ून बंद करो। ठंडे पानी का कपड़ा रखकर दबाओ, ज़ख़्म को..." जब्बार ने हिदायात जारी कीं तो कमरे में मौजूद हर शख़्स ने पहल करना चाही। कई रूमाल कोने में रखी सुराही के तुफ़ैल भीग गए। जब्बार ने अपना रूमाल उसके

हाथ पर रखकर हथेली से दबा लिया। मैंने अपने रूमाल से उसका ख़ून आलूद चेहरा साफ़ किया और उसका सर कुर्सी की पुश्त पर टिका दिया। मजीद का बड़ा सा रूमाल उसके ओवरकोट से ख़ून के धब्बे मिटाने की बेसूद कोशिश में काम आया।

"जी बड़ी मेहरबानी आपकी।" उसने इन्सानियत से जब्बार का हाथ अपने माथे पर से हटा कर उस जगह अपना हाथ रख लिया। हम सब ख़ामोश थे और उसके दहशत.ज़दा चेहरे को देख रहे थे।

"रपट लिखवाना थी जी..." ज़ख़्मी अजनबी ने हाँपते हुए कहा।

"किस बात की?" जब्बार ने कुर्सी पर बैठ कर पूछा।

"जी पहले आप शुरू से सारी बात सुन लें..." अजनबी ने शर्त पेश की और मैं जब्बार की तरफ़ देखकर मुस्कुराया, जैसे शर्त मानने की सिफ़ारिश कर रहा हूँ।

"हूँ, अच्छा हर बात सच्च सच्च बताओ। कोई झूट न हो। समझे?"

"इसीलिए तो आपके पास आया हूँ साहिब। ज़बरदस्ती आया हूँ। झूट क्यों बोलूँगा?" उसके लटके

हुए स्याह होंटों पर एक हिक़ारत आमेज़ मुस्कुराहट पर मारती गुज़र गई और माथे के रूमाल पर रखा हुआ हाथ काँपता रहा।

"साहिब आप तो जानते हैं कि अपनी औलाद सभी को ख़ूबसूरत लगती है मगर मेरी लाली को पास पड़ोस वाले, बिरादरी कुन्बे वाले सभी ख़ूबसूरत समझते। कोई उसे परी कह कर पुकारता, कोई शहज़ादी। कोई सोहनी।" वो कहते कहते रुका।

"फिर उसने आँख लड़ाई किसी से।" रिपोर्ट लिखवाने के इस मरियल तरीक़े से जल कर कमरे में मौजूद एक सिपाही ने उसे कचोका दिया। वैसे ये बात ठीक है कि थानों और अ'दालतों में हुस्न का ज़िक्र इश्क़ के बग़ैर आता ही नहीं। ऐसे सवाल पर थाने में बैठे हुए किसी भी बाप का सर झुक सकता था लेकिन बयान देने वाला उछल कर कुर्सी पर सीधा बैठ गया। माथे का गीला रूमाल उसकी गोद में गिरा और माथे के ज़ख़्म से ख़ून के क़तरे फिर उसके चेहरे पर फिसलने लगे।

"देखें जी थानेदार साहिब। आप बे.शक मुझे जूते मारें, डंडे मारें। गाली दें, मगर मेरी लाली को किसी ने ऐसी बात कही तो मैं... तोमैं..." वो गुस्से से

काँपते हुए होंट काटने लगा।

जब्बार ने सिपाही से आँखों ही आँखों में कुछ कहा और फिर हुक्म दिया, "इसके ज़ख़्म पर ठंडा पानी डालो और देखो, पट्टी बांध दो तो अच्छा है। हाँ क्या नाम है तुम्हारा?"

"ताजदीन।"

"देखो ताजदीन अपना सर कुर्सी से लगाए रखो। समझे? कुर्सी गंदी न करो।" जब्बार के अहकाम की ता'मील फ़ौरन हो गई।

"जी ऐसी बात ज़बान से निकाली मेरी लाली के लिए। हुँह। साहिब। साहिब जी मेरी लाली की नेकी का हाल जिससे मर्ज़ी हो जाकर कटरे में पूछ लें। वो तो जनाब जब से बड़ी हुई है घर से अकेले क़दम भी नहीं निकाला। दरवाज़े में भी खड़ी न हुई। वो तो अपनी माँ पर चली गई। सूरत में भी, तबीय'त में भी।"

"अच्छा तो लाली की माँ ख़ूबसूरत है?"

"अब कहाँ जी। हाँ जब उसे ब्याह कर लाया तो सब कुन्बे बिरादरी की औरतें कहतीं ताजदीन तेरे घर तो चांद उतर आया। मेरी माँ जब तक जीती रही उसे बहुत तकलीफ़ देती रही, और जी मैं भी माँ के

कहने में रहा। फिर भी लाली की माँ ने मुझसे न कभी ज़बान चलाई, न कभी कुछ मांगा। बस मेरी ख़िदमत करती रही। कटरे में जाकर जिससे चाहें पूछ लें। कभी किसी ने लाली की माँ की तरफ़ उंगली उठाई?"

"अच्छा अच्छा। ठीक है। आगे बयान करो।" जब्बार तेज़ी से बोला।

"जी वो मेरे बच्चों की माँ बनी। आठवीं लाली हुई तो..." वो रुक कर सोचने लगा।

"लाली पैदा हुई तो क्या हुआ?" पूछा गया।

"जी उसकी माँ ने लाली को मेरी गोद में डाल कर कहा। लो, तुम्हारे घर नया चांद उतरा है। जनाब लाली की माँ ने सात बच्चों में से कोई बच्चा मेरी गोद में इस तरह न डाला था।"

"फिर तुमने क्या कहा?" मैं बेसाख़्ता बोल पड़ा। मेरी मौजूदगी थाने की फ़िज़ा को यकसर बदल रही थी।

"जी कहना क्या था। बस लाली मुझे सब औलाद से ज़्यादा प्यारी हो गई। वो भी मुझे बहुत चाहती। किसी की गोद में होती तो मुझे देखकर बाँहें फैला देती। कभी उसकी माँ अपने पास सुला लेती तो रात

को जाग कर रोती और जभी चुप होती जब मेरी छाती पर लेट जाती।"

"ठीक है ठीक है। उसके बाद क्या हुआ, वो बताओ", जब्बार अब ख़ासा बेचैन हो रहा था।

जी मैंने पाँच बेटियां ब्याहीं। दो बहूएं घर लाया। मगर लाली की माँ ने मेरी पसंद में कोई दख़ल न दिया। फिर लाली बड़ी होने लगी तो एक रात मेरे पांव दबाते हुए बोली...

"लाली के बाबा मैंने तुमसे कभी कुछ नहीं मांगा। अब लाली के लिए तुमसे उसके जोड़ का ख़ूबसूरत दुल्हा माँगती हूँ। याद रखना।" और जी मैंने उसकी बात गिरह में बांध ली।

इतना कह कर ताज की आवाज़ भर्रा गई और उसने अपने होंट भींच लिये और मैंने देखा कि थाने के उस कमरे में मौजूद सिपाही झल्लाए हुए नज़र आ रहे थे। उनका बस चलता तो वो अपनी उंगलियां उस शख़्स के हलक़ में डाल कर एक ही बार सारी बात खींच कर अपने अफ़्सर की मेज़ पर रख देते। ये क्या कि कभी लाली का ज़िक्र और कभी लाली की माँ के क़िस्से। वो बार.बार जब्बार की तरफ़ देख रहे थे जो ग़ालिबन मेरी मौजूदगी की वजह से बड़ा

गंभीर बना बैठा था। क्योंकि मैं इस बयान में ज़रूरत से ज़्यादा दिलचस्पी ले रहा था।

"हूँ फिर तुमको लाली के लिए मुनासिब रिश्ता मिला?" सवाल हुआ।

"रिश्ते तो बहुत थे जनाब। लाली के चचा के बेटे, रिश्ते.नाते और बिरादरी में भी लड़के थे। सभी ने लाली का डोला मांगा। मगर जी मुझे तो अच्छी शक्ल वाले रिश्ते की तलाश थी। इसलिए मेरी लाली सत्रह साल की हो गई।

मेरी और जब्बार की आँखें बे.इरादा ही एक दूसरे की तरफ़ उठ गईं।

"साहिब आप अक़्ल वाले हैं। बेटी चाहे पिंजरे में बंद लाल जैसी हल्की फुल्की हो फिर भी सब कहते हैं। अरे ये पहाड़ सी बेटी का बोझ कब तक उठाते रहोगे। इसकी उ'म्र अब ससुराल जाने की है।" ताज दीन की ग़ैर ज़रूरी तफ़सील से जब्बार के सब्र का पैमाना छलकने लगा।

"हाँ हाँ ऐसा ही कहते हैं लोग।"

"मगर जी लाली तो कहीं भी नहीं जाना चाहती थी। वो तो अपने माँ-बाप से इतना प्यार करती कि एक दिन के लिए भी अपनी ब्याही बहनों के घर न

गई। मैं बताऊं साहिब एक दफ़ा' उसकी एक बहन को ज़िद हो गई कि रात लाली मेरे पास रहेगी। इस पर लाली बच्चों की तरह मेरे सीने से लग कर रोने लगी और मेरे साथ ही घर लौट आई।"

वो जैसे अपने आपसे बातें कर रहा था। "तो फिर कोई मुनासिब रिश्ता नहीं मिला लाली के लिए..." मैंने मुदाख़िलत बेजा की।

"हूँ तो कोई रिश्ता नहीं मिला तुम्हारी बेटी के लिए।" जब्बार ने फ़ौरन अपनी ड्यूटी सँभाल ली और ताजदीन चौंक उठा।

"रिश्ता मिला.जी। एक दिन वो लोग आप ही की राशन शाप वाले से पता पूछते मेरे दरवाज़े पर आ गए। उन्होंने अफ़ज़ल हुसैन वल्द मुहम्मद हुसैन की बड़ी ता'रीफ़ें कीं। अपना घर। हाथ में हुनर। सर पर कोई ज़िम्मेदारी नहीं। मस्क़त में अच्छी नौकरी पर जा रहा है। शादी जल्दी चाहिए। उन्होंने जी घर और मुहल्ले का पता भी दिया कि जाकर तसदीक़ कर लो। मैंने कहा पहले लड़का दिखाओ। फिर जी उन्होंने लड़का भी दिखाया।" ताजदीन ने ठहर कर पानी मांगा।

"कैसा था लड़का?" जब्बार ने जल्दी से पूछा।

"लड़का तो साहिब बड़ा लंबा, मज़बूत और जेंटलमैन था। फूलदार क़मीज़ और काली पतलून में ऐसा लगता जैसे फूलों में फूल गुलाब होता है। ताजदीन की आँखें यूं छत की तरफ़ तक रही थीं जैसे वहां मकड़ी के जालों के बजाय गुलाब के फूल खिल रहे हों।"

"फिर तुमने फ़ौरन रिश्ता तै कर लिया?"

"नहीं जी। पहले उसके घर.बार की तस्दीक़ तो करना थी। मैं जी उसके मुहल्ले पहुंचा और अफ़ज़ल हुसैन वल्द मुहम्मद हुसैन के बारे में पूछा। कोई बात भी झूट न थी। मैं उसके घर भी गया। उस की चाची मौजूद थी। उसने मेरी बड़ी ख़ातिर की। मैंने बात पक्की कर दी। अगर वो पक्के घर का मालिक न होता मेरी तरह का मज़दूर होता तब भी मैं बात पक्की कर देता। लाली की माँ को तो इतना ख़ुश मैंने कभी न देखा था। साहिब सच्ची बात तो ये है कि मुझे उसके बाद ही मा'लूम हुआ कि ख़ुश औरत कैसी होती है?"

"लाली भी ख़ुश हुई?" मैं पूछ बैठा।

"कहीं शरीफ़ नेक लड़कियां अपने ब्याह पर ख़ुश होती हैं? मैंने तो बताया साहिब वो तो एक दिन के

लिए भी घर छोड़ने को राज़ी न होती थी। अब तो उसकी बारात दूसरे शहर से आ रही थी और उसे ब्याह कर समुंदर पार भी जाना था। उसे तो रोना ही था जनाब", ये कहते.कहते ताजदीन का गला भर आया।

"मेहंदी वाली रात सारा घर सो गया। मगर वो सिसकियाँ लेती रही। मैं जी बरामदे में लेटा जाग रहा था। उठकर उसके पास चला गया। फिर तो जी वो मुझसे लिपट कर बहुत रोई। उसे अपने हाथों की मेहंदी का होश भी न रहा। वो बार.बार कहती बाबा में कहीं न जाऊँगी तुम्हें छोड़कर... फिर जी मैंने बे.हयाई लाद कर उसे समझाया कि लड़का शहज़ादों जैसा है। खाता.पीता है और वो अपने घर जा कर कितनी ख़ुश रहेगी और जब वो ख़ुश होगी तो मैं भी ख़ुश हूँगा। बस मेरी बातें सुनकर मेरी लाली आराम से सो गई..."

"अच्छा अच्छा ठीक है। फिर बारात आई?" जब्बार बयान की तह तक पहुंचे को बेक़रार था।

"हाँ जी बड़ी शानदार बारात आई। फूलों से सजी हुई। बस में से बरातियों के साथ बाजे वाले भी उतरे। दुल्हा ने गुलाब के फूलों का सहरा बाँधा था।

गले में नोटों का इतना बड़ा हार था कि घुटनों को छू रहा था और जी उसने कश्मीरी दो.शाला भी जिस्म से लपेटा था। सर्दी भी तो बहुत है आज। है ना सर्दी?"

जब्बार ने अंग्रेज़ी में मुझसे कहा, "ये तो मुझे पागलखाने से भागा हुआ लगता है।"

"उसके आगे क्या हुआ?" मजीद अपने अफ़्सर की बेबसी देखकर बोला।

"जी होना क्या था। बरात आने पर निकाह होता है। मेरी लाली का निकाह अफ़ज़ल हुसैन वल्द

मुहम्मद हुसैन मरहूम से पढ़ा दिया गया। थानेदार साहिब एक बात तो बताओ। सहरा क्यों बाँधते हैं दुल्हा के?" ताजदीन ने जब्बार की आँखों में आँखें डाल कर एक दम पूछा।

थाने में आने वाले सवाल का जवाब देते हैं। सवाल नहीं करते।

इससे पहले कि जब्बार इस गुस्ताख़ी पर गाली बकता में बोल पड़ा।

"अरे ताजदीन सहरा इसलिए बाँधते हैं कि सहरा उल्टा जाये और मेहमान दुल्हा की सूरत देखें।"

"हाँ जी और फिर दुल्हा की शक्ल देखकर लाली

के बाप पर हँसें, ता'नें मारें कि अरे ताजदीन अपनी चांद जैसी बेटी के लिए यही भूत जैसा आदमी मिला था तुझे? कहता था अपनी बेटी के लिए उसके जोड़ का दुल्हा लाऊँगा। तूने पैसा देखा। तूने लालच की। जी मैं तो शर्म में गड़ गया।" ये सब कहते हुए वो बच्चों की तरह फूट फूटकर रो रहा था।

"अच्छा। हूँ। तुम्हारे साथ धोका किया गया है। लड़का कोई और दिखाया था। मजीद उसे पानी पिलाओ।"

दो घूँट पानी पी कर उसने होंट पोंछते हुए फिर कहना शुरू कर दिया।

"अल्लाह भला करे आपका। आप समझ गए। यही बात है। मैंने सब के सामने चिल्ला चिल्ला कर कहा। मगर किसी ने मेरी बात का यक़ीन नहीं किया। ये देखकर बराती मुझसे झगड़ने लगे। मैंने कहा। मैं थाने में रपट लिखवाने जा रहा हूँ।"

"अच्छा तो तुम धोका दही की रिपोर्ट दर्ज कराने आए हो?" एक कांस्टेबल बोला जैसे खुदे हुए पहाड़ से चूहे की दुम खींच रहा हो।

"नहीं जी मुझे तो बुज़ुर्गों ने पकड़ लिया और समझाने लगे कि ताजदीन तो ग़रीब आदमी है कहाँ

थाने कचहरियों में पेशियाँ भुगतेगा? वकीलों को खिलाने के लिए कहाँ से लाएगा? और फिर ये पैसे वाले लोग हैं झूटी गवाहियाँ पेश कर देंगे।" ताजदीन बोलते बोलते रुका।

"उसके बाद क्या हुआ?" जब्बार ने बेचैनी से पहलू बदला।

"जी मैंने कहा, मैं लाली का डोला इन धोके बाज़ों के हवाले नहीं करूँगा।चाहे जान चली जाये।" आख़िरी फ़िक़रे पर.ज़ोर से रोया।

"हूँ। उसके बाद तुमने क्या.किया?" जब्बार ने सख़्ती से पूछा।

"मैं अपनी बात पर अड़ा रहा। बाराती पहले तो धमकियां देते रहे। फिर अपनी पगड़ियाँ और टोपियां मेरे भाईयों के पैरों पर डालने लगे। बुज़ुर्गों के घुटनों को हाथ लगाए और मेरे बेटों.दामाद के सामने हाथ जोड़ने लगे। कई मेहमानों को कोने में ले जा कर जानें क्या-क्या बातें कीं। फिर जी। वो लोग जो मुझ पर हंस रहे थे। ताने दे रहे थे। वो सब दूलहा के हिमायतीबन गए। मेरे भाई मुझे अल्लाह रसूल का वास्ता देने लगे और मेरे बेटे दामाद अलग हो कर यूं बैठ गए जैसे सारी ग़लती मेरी और फिर जी

मौलवी-साहब ने खड़े हो कर कहा ताजदीन बंदे की क़िस्मत में जो लिखा होता है उसके अस्बाब पैदा होते हैं। लाली अब अफ़ज़ल हुसैन वल्द मुहम्मद हुसैन मरहूम की मनकूहा है जो हुआ सो हुआ। उठो अब देग ठंडी हो रही है। मेहमानों को खाना खिलाओ। और जब मैं मौलवी.साहब के कहने से भी न उठा तो भाईयों ने और बेटों ने काम सँभाल लिया।"

"हूँ। फिर तुमने क्या किया ये बताओ?"

"जी में क्या करता मुझे तो सबने सड़क के रोड़े की तरह एक तरफ़ फेंक दिया। आप बताएं जी मेरा क्या क़सूर था जो सबने मेरा इख़्तियार छीन लिया? फिर जी वो सब मेरी लाली को रुख़्सत करने लगे।" वो फिर चुप हो गया। कमरे में भी सब चुप रहे।

"जब लाली ससुराल जाने को निकली तो औरतों के पीछे लाली की माँ भी दुपट्टे में मुँह छुपाए बाहर आ गई। उसने मुझे कुत्ते की तरह एक तरफ़ हाँपते पाया तो वो बात कही जो पहले कभी न कही थी। ताजदीन की स्याह गर्दन की नोकीली हड्डी थूक निगलने की कोशिश में बार.बार हरकत करने लगी।

"क्या कहा लाली की माँ ने?" जब्बार ने पूछा।

"कहने लगी ताजदीने, तुझे क्या पता तेरे जैसे बदशकलों के साथ चांद जैसी लड़कियां किस आग में जलती हैं। मेरी कली जैसी लाली को अपनी आँखों के सामने भाड़ में जाने दे रहा है। तू ने मुझे ज़बान दी थी। अब दूसरों की बात मान गया। अगर तू मर्द है तो उसे न जाने दे।"

"उसके बाद तुमने क्या किया। सच्च बताओ।" जब्बार कुर्सी पर सीधा हो गया।

"सच्च कहता हूँ मुझे नहीं पता कैसे ख़ाली देग के पास पड़ी बावर्ची की छुरी मेरे हाथ में आ गई... और... और जी मैं... बस में सवार होती बरात के पीछे भागा। अफ़ज़ल हुसैन बस के दरवाज़े में खड़ा था।" उसने काँपते होंटों से पानी का गिलास उठा कर होंटों से लगाना चाहा मगर सारा पानी उस की ओवर कोट पर गिर गया। कमरे में मौजूद हम में से किसी ने भी कोई सवाल न किया। जैसे हम सब अपनी आँखों से ताजदीन को अफ़ज़ल पर हमला-आवर देख रहे हों।

"उसके बाद। उसके बाद जी वो बाँहें फैला कर मेरे सीने से लिपट गई और चुपके चुपके कहने लगी। बाबा मुझे जाने देते। ये आदमी भी तो तुम्हारे

जैसा था। तुम मुझे कितना चाहते हो। ये आदमी भी मुझे... अल्लाह जाने अफ़ज़ल के बारे में क्या कहना चाहती थी...?" ताजदीन सवालिया नज़रों से सबकी तरफ़ देखा तो उसके चौड़े अंधेरे ग़ारों जैसे नथुने लोहार की धौंकनी की तरह फैलने सिमटने लगे और वो अपने पुराने ओवरकोट के बटन खोलते हुए यूं कुर्सी से खड़ा हो गया जैसे बैठा रहा तो उसका दम घुट जाएगा।

"अच्छा तो तुमने अफ़ज़ल हुसैन को..." जब्बार बोला तो ताजदीन ने तेज़ी से जवाब दिया।

"नहीं जी। अफ़ज़ल को लोगों ने बचा लिया..."

ताजदीन ने काँपते हाथों से अपना ओवरकोट उतारने की कोशिश की और हम सबने देखा उसकी सफ़ेद क़मीज़ पर ख़ून का बड़ा सा धब्बा था। इतना ज़िंदा इतना ताज़ा जैसे ख़ून उसके दिल से रिस रिस कर कपड़े में जज़्ब हो रहा हो।

उसने अपने ख़ून आलूद सीने को अपनी बाँहों के हलक़े में लिपट लिया और पागलों की तरह चीख़ चीख़ कर रोने लगा।

"मेरी लाली को किसी ने नहीं बचाया, ये मेरी लाली का ख़ून है।"

"पागल गधे तू ने अपनी मा'सूम बेटी को क़त्ल कर दिया। ले जाओ हवालात में। बंद कर दो इस बेटी के क़ातिल को।" जब्बार दहाड़ा तो ताजदीन की चीख़ें यकलख़्त रुक गईं। उसने मा'सूम हैरत से जब्बार की तरफ़ देखा और सिपाहियों के साथ बाहर चला गया।

जब्बार ने झल्लाकर डिबिया पर दिया-सलाई इस ज़ोर से रगड़ कर जलाई कि मेरा दिल पटाख़े की तरह धड़का और मुझे लगा कि कमरे का सन्नाटा शीशे की मानिंद तड़ख़ गया है।

तब होटल का गलगुती छोकरा ख़ाली प्यालियां उठाने कमरे में आ गया। मैंने मा'मूल के मुताबिक़ पच्चास पैसे चाय के और पाँच पैसे टिप के उसकी ट्रे में आहिस्ता से रख दिए। छोकरा रोज़ की तरह मेरे बजाय जब्बार को सलाम करता बाहर चला गया।

"यार तुमने आज फिर चाय के पैसे दे दिए। होटल वाला मेरे हिसाब में लिख लेता।" जब्बार ने रोज़ की तरह शिकायत आमेज़ लहजे में कहा लेकिन मैं जो इस मौक़े' पर रोज़ाना बज़ाहिर मुस्कुराता था और दिल में "चल झूटे" कहता था आज न मुस्कुरा

सका न दिल में कुछ कह सका। मैंने अपनी नोट बुक के इन बहुत से सफ़हात को एक एक कर के उल्टा जिन पर मैंने ताजदीन का बयान जूं का तूं लिख लिया था। लेकिन जिन्हें मेरे क़लम से चंद सतरों की ख़बर में ढलना था।

(4) एक दोस्त की ज़रूरत है
जिलानी बानो

65 साल के एक रिटायर्ड शख़्स को एक दोस्त की ज़रूरत है।

उसकी फ़ैमिली है। इ'ल्म-ए-अदब, आर्ट और संगीत का शौक़ीन है।

"दोस्त की किसी भी कमज़ोरी और कोताही को नज़र-अंदाज़ करके हाथ मिलाना है।"

न्यूज़पेपर में इश्तिहार पढ़ कर डॉक्टर नायक हँसने लगे, "65 बरस तक उसे कोई दोस्त नहीं मिला?"

"जाने कितने दोस्तों से दुश्मनी कर चुका है?", राशिद ने कार्ड बाँटते हुए कहा।

"इसीलिए उसे अब भी कोई दोस्त नहीं मिलेगा", वो सब एक साथ हँसने लगे।

"65 बरस गुज़ार दिए उसने किसी दोस्त के बग़ैर! कितना अकेला होगा वो! मेरी तरह..."

स्वर्ण सिंह सर झुका कर सोचने लगा... घर में बीवी है। बच्चे हैं... आस-पास दोस्त बैठे हैं। हाथ में

रमी के कार्ड लिए हर तरह से मुझे मात देना चाहते हैं... जिसकी तरफ़ हाथ बढ़ाऊँ वो पीछे हट जाता है...

स्वर्ण सिंह ने चाय का कप रख दिया... बेबसी से हाथ मलने लगा।

इतवार का दिन था... वो सब रमेश के घर बैठे ही खेल रहे थे।

रमी तो एक बहाना था... हफ़्ते भर की थकान और बोरियत कम करने के लिए वो सब किसी एक जगह साथ बैठ कर ख़ूब हँसते। बीअर पीते... बीवी बच्चों से दूर... ऑफ़िस से दूर... सियासी दहशत से दूर... जो दोस्त वहाँ नहीं है इसकी बुराइयाँ करके जी ख़ुश करते।

"बोर करता होगा साला दोस्तों को...। तुम्हारी तरह...", नायक ने बीअर का गिलास उठाकर कहा।

"तो फिर तुम बन जाओ उसके दोस्त... डॉक्टर हो। उसके दुख की दवा दे दो...", सब हँस पड़े।

"इतने दोस्त यहाँ बैठे हैं। इनके ज़ुल्म कुछ कम हैं कि एक और हार्ट पेशंट को ले आऊँ...?", वेंकट के थप्पड़ से बचते हुए नायक ने कहा।

"इश्तिहार यूँ दिया है जैसे एक नौकरी की, एक

ड्राईवर की ज़रूरत है।"

"साला समझता है दोस्त भी मार्किट में बिक रहे हैं।"

रियाज़ ने कार्ड टेबल पर डाल कर सिगरेट मुँह में दबाया।

"क्या मेरा कोई दोस्त है?", ये बात इम्तियाज़ ने सिगरेट के साथ जलाई और लाईटर दबाकर बुझा दी।

"उसे एक दोस्त की ज़रूरत है। मगर दोस्त कौन होता है। 65 बरस में भी उसे पता नहीं चला।"

"तुम्हारी सूरत दिखा देते हैं उसे। फिर तौबा कर लेगा दोस्त बनाने से।", स्वर्ण सिंह ने इम्तियाज़ के घूँसे से बचते हुए कहा।

"हाँ मेरी सूरत दिखा दो उसे...", इम्तियाज़ ने गर्दन झुका ली।

ये सब जो मेरे पास बैठे हैं... क्या मेरे दोस्त हैं? एक दूसरे को नीचा दिखाने के लिए हम सब दूसरों की ग़लतियों, कोताहियों की ताक में रहते हैं और फिर उसकी हिमाक़त पर सब के क़हक़हे एक साथ गूँज उठते हैं।

"साला बोर करता होगा घर वालों को... बेटी

कॉलेज से क्यों नहीं आई... बेटा कहाँ गया... बीवी ने फ़ोन पर किससे बात की... तुम कहाँ जा रहे हो?"

ये सब शिकायतें उसके घर वालों को इम्तियाज़ से थीं।

वो दोस्तों को अपने घर के मसाइल सुनाता रहता था।

इम्तियाज़ को आज ही की बात याद आई।

वो दिल्ली में जिस लड़की से मिला था उसका आज फ़ोन आने वाला था।

उसने बीवी से कहा, "मेरे लिए एक लड़की का फ़ोन आएगा। उससे कहना मैं घर पर नहीं हूँ। शाम को क्लब में मिले।"

थोड़ी देर बा'द फ़ोन आ गया। बीवी ने फ़ोन उठाकर कहा, "तुम आज मत आओ। इम्तियाज़ घर में हैं।"

उसे गुस्सा आगया, "मैंने कहा था इस लड़की से कहना मैं घर पर नहीं हूँ।"

"मगर वो फ़ोन मेरे लिए था...", बीवी ने मुस्कुरा के कहा।

अब वो दोस्तों के साथ बैठ कर शराब न पिए

तो क्या करे।

मगर आज सबको क़हक़हे लगाने के लिए एक बात मिल गई थी।

"पहले तो ये बताओ यार कि क्या हम किसी के दोस्त बन सकते हैं?"

राशिद के इस सवाल पर सब हँसना भूल गए। स्वर्ण सिंह के हाथ से कुछ कारड्ज़ नीचे गिर गए। नायक ने बीअर का गिलास टेबल पर रखकर दोनों हाथों से सर को थाम लिया। जब से डॉक्टर नायक सिविल सर्जन हो गया है यूँ बात करता है जैसे यहाँ सब दिल के मरीज़ बैठे हैं जिनका एंजियोग्राम होगा...।

"थक गए यार अब...", इम्तियाज़ ने कारड्ज़ टेबल पर डाल कर अंगड़ाई ली...।

"ओ साधना... दही बड़े खिलाने के लिए और कितनी देर तरसाएगी तू...?"

ये बात सब जानते थे कि दही बड़े खाने के बहाने इम्तियाज़ थोरी देर साधना से हँसी मज़ाक़ छीना-झपटी करना चाहता है। ग्रुप के सब ही का किसी न किसी की बीवी से रोमांस चलता रहता था

मगर राशिद को एक ही फ़िक्र थी आज...।

"जाने वो हिंदू है या मुस्लमान?"

"मुस्लमान है तो रिटायर होने के बा'द हूरों को हथियाने में जुट गया होगा", रमेश की बात पर सब हँस पड़े।

"और हिंदू है तो राम-राम जपना, पराया माल अपना कर रहा होगा", इम्तियाज़ ने कहा।

"यार स्वर्ण सिंह। तो भी बता दे कि जब तेरे बारह बज जाएँगे तो क्या करेगा?"

"अख़बार में इश्तिहार दूँगा कि एक और दुश्मन की ज़रूरत है..."

ज़ोरदार क़हक़हों के साथ सब ब्रीफकेस सँभाल कर खड़े हो गए...।

अगली इतवार को...

एक बहुत शानदार ख़ूबसूरत बंगले के सामने एक सात कई कारें रुक गईं... और वो सब एक दूसरे को देखकर हैरान हो गए। फिर ज़ोर ज़ोर से हँसने लगे।

"मैंने सोचा ज़रा देख आऊँ कि वो कौन अहमक़ है जिसे अभी तक एक दोस्त भी नहीं मिला..."

"हाँ... मैंने भी यही सोचा तन्हा इंसान को क्यों न सहारा दिया जाए..."

वो सब ज़ोर ज़ोर से हँसते हुए आगे बढ़े...।

बहुत शानदार घर था... फूलों से भरा हुआ लॉन...।

वाचमैन ने सब का नाम पूछा... और फिर आगे बढ़कर धीरे से बैल बजाई...।

एक ख़ुश शक्ल स्मार्ट शख़्स ने दरवाज़ा खोला...।

ऊँचा पूरा, अधेड़ उ'म्र वाला, सफ़ैद खादी का कुर्ता पाजामा पहने... सफ़ैद बालों से ढका हुआ सर... एक खुली हुई किताब हाथ में थामे... वो सबको देखकर घबरा गया...।

"आप आप कौन? सूरी... मैंने आप को नहीं पहचाना..."

"आप हमें उस वक़्त भी नहीं पहचानेंगे जब हम आपके दोस्त बन जाएँगे", स्वर्ण सिंह के साथ हम सब ज़ोर ज़ोर से हँसने लगे...।

"अच्छा... अच्छा आप सब मेरे दोस्त बनने के लिए आए हैं...? आइए। आइए।"

उसने एक तरफ़ झुक कर बड़े ख़ुलूस के साथ हम सबको अंदर बुलाया... और फिर एक शानदार ड्राइंगरूम में बिठाकर कहा..., "मैं श्याम हूँ... काम तो आर्किटेक्ट का करता था। मगर कुछ भी न बना

सका। सिर्फ़ तोड़ फोड़ करता रहा... और क्या कहूँ?", वो इधर-उधर देखकर सर खुजाने लगा।

"मैं ख़ुद नहीं जानता कि मैं कौन हूँ?", सब हँसने लगे...।

ड्राइंगरूम में माडर्न आर्ट की पेंटिंगें थीं। क़ीमती फ़र्नीचर... संगमरमर के एक ऊँचे स्थान पर पत्थर की मूर्त बनी मीरा हाथ में इकतारा लिए सर झुकाए बैठी थी... जैसे सोच रही हो। कौन गली गयो श्याम?

टेबल पर बीअर की ख़ाली बोतल, भरा हुआ गिलास, सेल-फ़ोन और न्यूज़ पेपर रखा था।

सबको बिठाने के बा'द उसने बीअर का गिलास और बोतल टेबल पर से उठाई तो उसके काँपते हाथ से छूट कर गिलास ज़मीन पर गिर गया... काँच के टुकड़े चारों तरफ़ बिखर गए।

उसने बड़ी नदामत के साथ हमारी तरफ़ देखा, "सौरी... मेरे घर में हर चीज़ टूट जाती है।"

"कोई बात नहीं काँच का गिलास था। आपके हाथ से छूट गया", नायक ने हँस कर कहा।

"हाँ... मेरे हाथ से हर चीज़ छूट जाती है। बहाना ढूँढती है। बिखर जाने का...", शीशा टूटने की आवाज़

सुनकर एक नौकर अंदर आया। उसने गिलास के बिखरे हुए टुकड़े समेटे, फ़र्श साफ़ किया तो डॉक्टर नायक ने कहा..., "आपको एक दोस्त की ज़रूरत है तो हम सब दोस्तों ने सोचा कि अच्छा है एक और दोस्त मिल जाए।"

"एक और...?", उसने बड़े तंज़ के साथ मुस्कुरा के हमें देखा तो सब हँस पड़े।

"मैं उर्दू का एक प्रोफ़ैसर हूँ। डॉक्टर इम्तियाज़ अली", इम्तियाज़ ने उसकी तरफ़ हाथ बढ़ाया तो उसने बड़ी गर्म-जोशी से हाथ थाम कर चूम लिया।

"मैं डॉक्टर नायक। कार्डियोलौजिस्ट हूँ।"

"मैं स्वर्ण सिंह बैरिस्टर हूँ...।"

"मैं रमेशचन्द्र। डी.जी.आई. पुलिस... लेकिन मुझसे दूर मत भागिए। मैं अपना ड्रैस उतार कर आया हूँ।"

"मैं राशिद नियाज़ी...", राशिद ने उसका हाथ थाम लिया।

"ये कुछ नहीं करते। सिर्फ़ शायरी करते हैं", इम्तियाज़ ने हँस कर कहा, "आपको इनसे बच कर रहना होगा वर्ना वो फ़ौरन अपनी नई ग़ज़ल सुनाना शुरू कर देंगे", सबने मिलकर ज़ोरदार क़हक़हे

लगाए।

"शायद राशिद ही दुनिया का सबसे अच्छा काम करते हैं... टूटने बिखरने के इस शोर में प्यार और अम्न की पनाह तो इनकी ग़ज़ल ही में मिलेगी। या मीरा के गीतों में", श्याम ने राशिद से हाथ मिलाकर कहा। और सबने एक दूसरे की तरफ़ यूँ देखा कि जैसे कह रहे हूँ, "ये बुरा आदमी नहीं है।"

"आपसे मिलकर अच्छा लग रहा है", स्वर्ण सिंह ने बड़ी ख़ुशी से कहा।

"हमें भी आपके घर आकर अच्छा लग रहा है", इम्तियाज़ ने मुस्कुरा के कहा।

"जी हाँ... उस घर में आकर हमेशा अच्छा लगता है जो अपना न हो...", उसने बड़ी लापरवाई से ये बात कही मगर राशिद ने उसे बड़े ग़ौर से देखा। जैसे उसने सब के दिल की बात कह दी हो।

"पहले हम ने रात को प्रोग्राम बनाया था आपसे मिलने का। ख़याल था कि शायद रात में आपकी कोई मसरूफ़ियत होगी।"

"नहीं... आप रात को भी आइए। रात-दिन से क्या फ़र्क़ पड़ता है। मेरे लिए तो कभी रात आती है कभी नहीं आती।", उसने सिगरेट की तरफ़ हाथ

बढ़ाया फिर स्वर्ण सिंह को देखकर रुक गया।

"सौरी", और फिर नौकर को बुलाकर चाय लाने के लिए कहा।

"बहुत अच्छी बातें करते हैं आप", रमेश ने मुस्कराकर कहा।

"हाँ... सिर्फ़ बातें ही अच्छी करता हूँ।"

"आप हमारे क्लब के मैंबर बन जाए। वहाँ हम शतरंज भी खेलते हैं।"

"आई ऐम वेरी सौरी... मुझे कोई खेल नहीं आता। हर बाज़ी हार जाता हूँ...", उसने इधर-उधर देखकर बेबसी से कहा..., "क्या करूँ? टीवी देखो तो मज़हब, साईंस, सियासत की दहशत... दुनिया में लूट... नफ़रत का अँधेरा... मेरे दिल को धड़कने पर मजबूर कर देती है।"

"सच कह रहे हैं आप", राशिद ने उसका हाथ थाम लिया।

"बच्चे मुझसे दूर चले गए हैं। दोस्तों को मेरे साथ होली खेलना याद नहीं रहता। बीवी को अपनी महरूमियाँ और मेरी हिमाक़तें याद आती हैं। सुब्ह शाम की तरह अब हम दोनों इकट्ठे नहीं बैठते कभी।"

"ये तो हर जगह हो रहा है। अब दुनिया से प्यार ख़ुलूस ख़त्म हो गया है", राशिद ने कहा।

"अब तो हमारी दुनिया भी उन तारीक सय्यारों में शामिल हो चुकी है जहाँ ऑक्सीजन है न रौशनी।"

"आपकी फ़ैमिली कहाँ है। घर में आपके साथ और कौन रहता है?"

स्वर्ण सिंह चाहता था इस टॉपिक को बदल दे जिसमें ऑक्सीजन है न रौशनी।

"मेरा बेटा, राम कम्पयूटर इंजीनियर है... वो अपने ऑफ़िस कम्पयूटर के आगे कान बंद किए बैठा रहता है। नैना की शादी हो गई। वो अमरीका चली गई है। मेरी बीवी निर्मला श्याम बहुत मशहूर आर्टिस्ट है।"

"निर्मला श्याम?", हम सब चौंक पड़े...।

"वो बहुत मशहूर आर्टिस्ट हैं। वो आपकी बीवी हैं?"

"जी हाँ... वो आजकल अपने दोस्त राजन सिन्हा के साथ कश्मीर गई हैं। वो भी बहुत मशहूर गायक हैं।उनकी मधुर तानें निर्मला को अपने साथ ले जाती हैं।"

"तो ये निर्मला श्याम का घर है... बहुत अच्छा लगा हमें आपके घर आकर...", इम्तियाज़ ने ख़ुश हो कर कहा।

"आप का ये पोर्टरेट भी उन्होंने बनाया है?"

सब दीवार पर लगा श्याम का पोर्टरेट देखने लगे।

"जी हाँ... वो कई रंगों को मिलाकर मेरे मन-माने रूप उजागर कर देती हैं", श्याम ने हँस कर कहा।

"आप देखिए। इतने ख़ूबसूरत फ्रेम के अंदर एक कील से बाँध कर कितनी ऊँचाई पर रख दिया है मुझे... बहुत बड़ी फ़नकार है वो..."

श्याम की बात सुनकर सब चुप हो गए।

"लेकिन आप ये देखिए कि एक कील से बँधा हुआ इतनी ऊँचाई पर बैठा इस घर को देख रहा हूँ मैं, जो एक थियेटर का ख़ाली हाल लगता है। जहाँ सब अपना अपना किरदार अदा करके चले गए।"

"श्याम साहिब आपकी बातें सुनकर ऐसा लगता है जैसे आप बहुत अच्छे शायर हैं।"

राशिद की बात पर सब हँस पड़े...।

"नहीं राशिद साहिब हम... लोग न शायरी करते हैं न जी भर के हँसना आता है। शक, मस्लेहत और

एहतियात के हिसार में क़ैद रहते हैं। लाईटर जलाकर दुनिया के हर मसअले को देखते हैं और अपनी महरूमी को राख बनाकर झटक देते हैं।"

"वाह कितनी अच्छी बात कही है आपने", इम्तियाज़ ने ख़ुश हो कर उसका हाथ थाम लिया।

"आप जीनियत लोग हैं। मैं कोई ऐसी बात न कह दूँ जो आपको बुरी लगे।"

"अरे नहीं यार... आप हमसे बात करते वक़्त क्यों डर रहे हैं?", स्वर्ण सिंह ने हँस कर कहा।

"नहीं... मुझे अपने सिवा किसी से डर नहीं लगता। ग़ुस्सा आ जाए तो मैं फिर अपनी धज्जियाँ बिखेर के फेंक देता हूँ। और फिर कुछ मिल जाने की उम्मीद लिए ख़ाली घर में घूमता फिरता हूँ।"

"तो अस्ल मसअला आपकी तन्हाई का है...?", डॉक्टर नायक ने श्याम की बीमारी समझ ली।

"मुझे जाने कितने रोग हैं डॉक्टर साहिब। मैं तो किसी कहानी का अधूरा किरदार हूँ जिसे कोई लिख कर काट देता है।"

"इसलिए आपको एक दोस्त की ज़रूरत है।"

"अब आपको पाँच दोस्त मिल गए हैं...", स्वर्ण सिंह ने बड़ी मुहब्बत से उसका हाथ थाम कर कहा।

"हम आपको तन्हाई में घबराने के लिए अकेला नहीं छोड़ेंगे", राशिद ने इसका हाथ थाम लिया।

"हाँ यार। तुम इस घर में अकेले हो। वक़्त कैसे गुज़ारते हो?"

"वक़्त कब रुकता है वो तो गुज़र ही जाता है। मैं तो शेल्फ़ खोल कर गुज़रे हुए वक़्त को ढूँढता हूँ।"

"गुज़रे हुए वक़्त को हम भी ढूँडते हैं", राशिद ने बड़ी उदासी से कहा, "मगर वो वक़्त कहाँ मिलता है..."

"मिल भी जाता है", श्याम ने कुछ सोचते हुए कहा, "अगर किसी ने अपनी यादों में बाँध रखा हो।"

वो सब चुप हो गए जैसे अब कुछ भी कहने को न रहा हो।

बा'द में इम्तियाज़ ने पूछा..., "हम सब के आ जाने से आपको कैसा लगा?"

"बहुत अच्छा लग रहा है", उसने चारों तरफ़ देखकर कहा।

"घर की हर चीज़ वैसी ही लग रही है जैसी वो है।"

उसकी बात सुनकर फिर सब चुप हो गए।

"मुआ'फ़ करना श्याम, अगर मैं ये पूछूँ कि क्या

आप भगवान को मानते हैं?", रमेश चाहता था उसे धरम ईमान की तरफ़ ले जाए।

"हाँ...", उसने गर्दन झुकाकर धीरे से कहा, "मैं भगवान को इसलिए मानता हूँ कि अपनी हर महरूमी ना-कामी, बे-ईमानी का ज़िम्मेदार उसी को बना देता हूँ।"

"अच्छा। तो आप भगवान से नहीं डरते?"

"नहीं... मुझे अपने सिवा किसी से डर नहीं लगता। दूसरों से बे-ईमानी करके तो मज़ा आता है मगर अपने आपसे बे-ईमानी करने का पाप हमेशा साथ रहता है", वो सर झुकाए जैसे किसी अदालत में बयान दे रहा था।

"आप सब मेरे दोस्त बनना चाहते हैं तो ए'तिराफ़ करता हूँ कि मैंने बहुत से क़त्ल किए हैं। लूट बे-ईमानी की है। अपनी बीवी निर्मला से झूटा प्यार जता कर। बच्चों को उधर जाने से रोका जिधर वो जाना चाहते थे। मैंने अपने आपसे भी इंसाफ़ नहीं किया। मेरे ख़्वाब। मेरी ख़्वाहिशें। सब का गला घोंट दिया।"

"आपने क़त्ल भी किए हैं?", वो सब चौंक पड़े।

"हाँ... मैंने अपनी उस लगन को मार डाला जो

मुझे रौशन से मन की बात कहने पर उकसाती थी... मगर मेरी ख़ुद-पसंदी ने दिल की बात कहने नहीं दी। बा'द में अपने दिल का हाल उसके नाम ख़तों में लिखा और वो ख़त ग़ालिब के दीवान में छिपा दिए। कई बार रौशन मुझसे कुछ सुनने को आई। मेरी झुकी-झुकी आँखों में कुछ ढूँढ कर पाकिस्तान चली गई। जल्द हिन्दोस्तान-पाकिस्तान के बीच मुझे रौशन से दूर रखने के लिए हद-बंदी कर दी गई।"

"मैंने ये घर बनाया था कि जब सारे संसार में झूट, बे-ईमानी, ना-इंसाफ़ी का अँधेरा छा जाएगा, अपने घर के चराग़ से सच्चाई और प्यार की लौ बढ़ा दूँगा। मगर झूट, बे-ईमानी, ख़ुद-ग़रज़ी की आँधी में वो सारे चराग़ बुझ गए हैं... मेरे हाथों से हर चीज़ गिर के टूट चुकी है।"

उसकी बात सुनकर कुछ देर तक सब चुप हो गए... फिर रमेश ने उसे समझाया,

"हाँ यार... ज़िंदगी में हम सब कुछ ऐसे काम करने पर मजबूर हो जाते हैं जो करना नहीं चाहते।"

"तुम इतनी छोटी-छोटी बातों पर इतने दुखी क्यों हो गए हो?", राशिद ने क़रीब जाकर बड़ी मुहब्बत से उसका हाथ थाम लिया और उसका झुका हुआ

सर ऊपर उठाया।

"आप इन्हें छोटी-छोटी बातें कहते हैं?", उसने सर झुकाकर कहा।

"मैं आर्किटेक्ट था... इतने डैम बनाए... लाखों रुपये का हेरफेर किया... ख़राब कंस्ट्रेक्शन की वज्ह से वो पुल टूट गया... दो मज़दूर दब कर मर गए।"

"ऐसी गलतियाँ हम सब करते हैं। इन बातों को भूल कर अपने आपको सँभालिए आप..."

डॉक्टर नायक ने उन्हें ग़ौर से देखा।

"कल आप हमारे क्लीनिक आइए। मैं आपको एंजियोग्राम करूँगा।

"नहीं नहीं...", वो घबरा गया... "आप क्या करेंगे मेरे दिल का हाल जान कर?"

सब हँस पड़े।

"मैं तो अपने दिल का हाल अपने आपको सुनाना चाहता हूँ।"

कुछ देर के बा'द फिर से जैसे चुप हो गए और फिर वो दोनों हाथ मलते हुए धीरे-धीरे अपने आप से बातें करने लगा।

"आप सब शायद सुनकर हँसेंगे कि मैंने न्यूज़पेपर में ये इश्तिहार इसलिए दिया था कि

कालबेल की आवाज़ सुनकर मैं दरवाज़ा खोलूँ तो सामने मैं खड़ा हूँ..."

और फिर बेबसी से हाथ मलते हुए जैसे किसी से सरगोशी करने लगा।

"ये कैसी अनहोनी बात होगी कि मैं अपने गुनाहों, अपनी ख़ुद-सरी को मुआ'फ़ करके अपने आपसे हाथ मिलाने को तैयार हो जाऊँ?"

(5) ज़कात
वाजिदा तबस्सुम

चाँद आसमान पर नहीं नीचे ज़मीन पर जगमगा रहा था! नवाब ज़ैन यार जंग के बरसों पहले किसी शादी की महफ़िल में ढोलक पर गाती हुई मिरासनों के वो बोल याद आ गए,

कैसे पागल ये दुनिया, के लोगाँ माँ।

छत पो काए को तो जाते ये लोगाँ माँ।

आँखा खुले रक्खो ताका झाँकी नक्को।

अपने आँगन को देखो माँ... चंदा सजा कैसे पागल

वाक़ई वो पागल ही तो थे। अब ये पागलपन नहीं तो और क्या था कि इतने ज़माने से उस हवेली में रह रहे थे और अब तक यही मालूम नहीं हो सका था कि चाँद आसमान पर ही नहीं ज़मीन पर भी चमक सकता है।

ईद की आमद आमद थी... कल भी सारी हवेली के लोग चाँद देखने के लिए छत पर चढ़े थे... नवाब साहब की कुछ तो उम्र भी ऐसी थी, कुछ ईद की

ख़ुशी भी उन्हें न होती थी कि रोज़े नमाज़ों से वो अल्लाह ताला के पास से माफ़ी लिखवा के लाए थे। ईद के चांद की असल ख़ुशी तो उन रोज़ादारों को होती है जो रमज़ान भर के पूरे रोज़े रखते हैं। वो छत पर जाते भी तो क्यूँ? लेकिन आज सबने ही ज़िद की... यहाँ तक कि हवेली के मौलवी साहब ने भी कहा, मुबारक महीनों की पहली का चाँद देखने से बीनाई बढ़ती है और बरकतों का नुज़ूल होता है। तो वो बरकतों के नुज़ूल से ज़्यादा बीनाई बढ़ाने के लालच में ऊपर चले आए, क्यूँकि आज कल वो वाक़ई आँखों की कमज़ोरी का शिकार हो रहे थे... उम्र तो यही कोई चालीस बयालिस के क़रीब थी, वो मंज़िल अभी नहीं आई थी कि उन पर साठे पाठे का इतलाक़ होने लगता। लेकिन जवानी को वो शुरू जवानी से ही यूँ दिल खोल कर लुटाते आ रहे थे कि अक्सर आज़ा कस बल खो चुके थे। वो अपने हिसाबों वो अभी तक ख़ुद को बड़ा धाकड़ जवान समझते थे। लेकिन ख़्वाबगाह से निकलने वाली तरार और घाट घाट का पानी पी हुई ख़वासें दुपट्टों में मुँह छुपा छुपा कर हंस हंस कर एक दूसरी को रातों की वारदात सुनाते तो दबे छुपे अलफ़ाज़ में

उनकी जवानी का पोल भी खोल कर रख देतीं।

"उजाड़ पता-इच नईं चला की रात किधर गुज़र गई..."

"क्यूँ?" कोई दूसरी पूछती, "इत्ते लाडाँ हुए क्या?"

"लाडाँ?" वो हंस कर कहती, "अगे जो जाको सोई तो बस सोती-इच रही... उजाड़ दम ही किया है बोल के उन्नों में।"

कोई यूँही सर झाड़ मुँह फाड़ घूमती तो दूसरी ठेलती, "अगे ग़ुसल नईं करी क्या मैं अभी हम्माम में गई थी तो पानी गर्म का गर्म वैस-इच रक्खे दा है।"

वो उलझ कर बोलती, "बावा हौर भाइयाँ बन के कोई मर्द सोएंगा तो काय का ग़ुस्ल और काय की पाकी?"

लेकिन इन तमाम बातों से नवाब साहब की जवानी पर कोई हर्फ़ नहीं आता था। आख़िर हकीम साहब किस मर्ज़ की दवा थे? और फिर हकीम साहब का कहना ये भी था कि क़िबला आप ज़्यादा से ज़्यादा नौख़ेज़ छोरियाँ हासिल करना। ऐसा करे-इच तो इच आपको ज़्यादा ख़ुव्वत मिलती हौर आप

ज़्यादा दिनाँ जवान रहते।

लेकिन उस वक़्त नवाब साहब का छत चांदनी पर जाना क़तई किसी बुरी नियत से न था। वो तो वाक़ई ईद का चांद देखने के लिए ऊपर चढ़े थे। चाँद-वाँद तो उन्हें क्या नज़र आता, जिसने भी जिधर उंगली उठा दी, हो हो... जी हो... जी हो। कर के उधर ही नज़र जमा दी। लेकिन अचानक अपनी बुलंद बाँग हवेली की आख़िरी और ऊंची छत पर से उनकी नज़र फिसली और नीचे के ग़रीबाना मिलगी (झोंपड़ी) के आँगन में ठहर गई... आँखें कमज़ोर थीं ज़रूर, पहली का चांद यक़ीनन नहीं देख सकती थीं, लेकिन चौदहवीं का चमचमाता चांद सामने हो तो कमज़ोर बीनाई वाली आँखें ख़ुद भी जगमगाने लगती हैं।

"कैसे पागल थे हमीं... इतने दिनाँ हो गए हौर ये भी नईं मालूम करे की ईं पड़ोस कैसा है अपना।

दीवान जी सामने ही खड़े हाथ मल रहे थे।

"आप तो कभी हमे न बोलना था की पड़ोस में ख़यामत है।"

"जी... जी... वो... वो सरकार मैं ने कभी ग़ौर नईं करा।"

"आपको ग़ौर करने की ज़रूरत भी नईं, बस आप कैसा तो भी कर के, वो लड़की हाज़िर कर देना। फ़ख़त इत्ता-इच काम है आपका।"

दीवान जी पलटे तो उन्होंने पास वाली दराज़ खोली और खन खनाते कलदार हाली रूपों से भरा बटवा उछाल कर दीवान जी के पैरों में फेंका।

हम मुफ़्त में कोई चीज़ नहीं लेते। वो छोकरी अगर चूँ चरा करी, या माँ-बाप अगर मगर करे तो ये रुपये पकड़ा देना ... उन लोगाँ ज़िंदगी भर खाएँगे तो भी इत्ते रुपये ख़त्म नईं होवेंगे।"

लेकिन दूसरे ही दिन दीवान जी फिर उसी तरह खड़े थे। हाथ मलते हुए ख़ाली रूपयों का तोड़ा उन्होंने टेबल पर रख दिया था।

"सरकार..." उनकी ज़बान उनका साथ नहीं दे रही थी, "उन्ने... उन्ने..."

"ये उन्ने उन्ने क्या कर रे आप?" सरकार उलझ कर बोले, "जो बात है, साफ़ बोलते। हुआ क्या नईं कुछ?"

"सरकार वो लोगाँ बहोत ही बहोत शरीफ़ लोगाँ निकले। बोलने लगे, "रुपये पैसे में बेटियाँ कैसा बेचते। हम शरीफ़ नमाज़ी अल्लाह वाले लोगाँ हैं।

हमारी बेटी को हम अल्लाह रसूल के बनाए ख़ानून के मुताबिख़ अख़द ख़्वानी कर के विदा करेंगे। हौर... हौर... सरकार इत्ता वज़नी तोड़ा उठा के उन्नों मेरे मुंह पौ फेंक मारे।"

नवाब साहिब दाँत पीस कर बोले, तो आप इन्सान की औलाद बोलता था। "नईं की ऐसा है तो अख़द में दे देव?"

दीवान जी लरज़ गए... नवाब साहब इंतिहाई ग़ुस्से की हालत में ही नहीं बजाए गाली देने के इन्सान की औलाद कहा करते थे जो हज़ार गालियों से बदतर गाली थी।

"बोला सरकार।"

"फिर उन लोगाँ क्या बोले?"

"बोले... बोले सरकार की उम्र बहोत होती, हमारी बच्ची कच्ची उम्र की है।"

उस वक़्त दीवान जी के मुंह से कच्ची उम्र सुनकर नवाब साहब के अंग अंग में ख़ून बोल उठा। ज़रा भन्ना कर बोले, "हम न ज़्यादा उम्र के दिखते जी?"

"नईं सरकार।" दीवान जी चापलूसी से बोले, "ऐसी भी क्या उम्र होएँगी आपकी। ऐसे ऐसे तो

कित्ते पोट्टियाँ आप..." फिर वो अदब तहज़ीब का ख़याल कर के चुप हो गए, लेकिन नवाब साहब की बाछें खिल गईं, वो मुस्कुराए,

"वो-इच तो हम भी कह रहे थे..." अचानक वो फिर संजीदा हो गए, "मगर वो छोकरी कैसा तो भी हमको मिलना।"

"आप अख़ल वाले हैं, सरकार आप सोचो, हम ग़रीब कम अख़ल लोगाँ... आप जैसा हुक्म दिए वैसा बजा लाए... बस..."

"ये पता चलाव आपकी घर में कित्ते लोगाँ हैं..."

"वो मैं चला लिया सरकार..." दीवान जी जल्दी से बोले, "माँ है, बीमार बाप है... चल फिर नईं सकती, सो दादी है। हौर तीन चार छोटे छोटे भाइयाँ बहनाँ हैं... ये उजाला-इच सबसे बड़ी है।"

नवाब साहिब का ज़ेह्न जैसे रौशन हो गया। "उजाला... इत्ता ख़ूबसूरत नाम! बेताबी से बोले, "जैसा मुंह वैसा-इच नाम।"

"जी हौ सरकार, सचमुच उजाला-इच है। हिंद हारे (अंधेरे) में भी बैठे सो उजाला हो जाता..."

"आप चुप उसके तारीफ़ाँ नक्को करो जी", नवाब साहब जल कर बोले, "आप अब ये करो की उन

लोगाँ को जाको बोलो की नवाब साहब आस-पास के पूरे गलियाँ तोड़ को पक्का अहाता बनवा रईं। बोल को ये जगह कल शाम तक-इच ख़ाली कर देना।"

दीवान जी ख़ुश हो कर बोले, "जी हौ सरकार! बहुत अच्छी बात सोचे आप... इतना बड़ा कुम्बा लय को हक्कल को कहाँ जाएंगे बदबख़्ताँ... झुकना पड़ेगा।"

ईद के दिन रोते धोते मियाँ बीवी सरकार के हुज़ूर में पेश हुए।

"हुज़ूर... सरकार... आपके ख़दमों में ज़िंदगी कट गई। अब किधर जाना? बुढ़ी माँ है, उठ को अपने आपसे बैठ भी नईं सकती। ये मर्द मेरा कब से दुख का बीमार है। छोटे छोटे बाल बच्चे। ऐच बोलो सरकार। काँ जाना..." सकीना बी रो-रो कर कहने लगी।

"हमारे हवेली के नौकर ख़ाने में बहोत जगह है, यहाँ आ जाते।" नवाब साहब नर्मी से बोले।

अपने बीमार शौहर पर नज़र पड़ते ही उसका हौसला जवाब दे गया।

"एहसान है सरकार का... सच्ची बोलती सारी रइय्यत की हुज़ूर बड़ी दीवाल हुईं।"

और ये हक़ीक़त भी थी कि नवाब ज़ैन यार जंग से बड़ा दिल वाला उनसे ज़्यादा सख़ी, उनसे ज़्यादा दीवाल, कोई नवाब हैदराबाद ने पैदा नहीं किया... लेने से उन्हें सख़्त चिड़ थी। ख़ुद अपने रिश्तेदारों, अज़ीज़ों से भी ज़िंदगी में कभी एक पाई का तोहफ़ा क़ुबूल नहीं किया। सदा हाथ उठा हुआ ही रहा था, लेकिन सिर्फ़ देने के लिए। देने में तो इस हद तक पहुंचे हुए थे कि उनकी हाथों से कितनी ही क़ीमती चीज़ क्यूँ न गिर जाती, कभी झुक कर उठाते भी न थे... मुलाज़िमों से उठवाते और फिर उन ही को बख़्शिश भी देते।

सौदागरों का एक ख़ानदान हैदराबाद में मुद्दतों राज करता रहा। इतनी दौलत सौदागरों के ख़ानदान में आई कहाँ से? हुआ ये था कि एक-बार इन ही नवाब साहब के हाथों से बचपन में सोने की जिगर मगर अशर्फ़ियों से भरी थैली छूट कर ज़मीन पर गिरी। सख़ावत तो बचपन से ही घोल कर पिलाई गई थी। झुकना भी कभी न जाना था। मुलाज़िम को बुलाया और उसने थैली उठा कर देना चाही तो गुस्से से बोले, "गिरा हुआ माल हम ने देता है ना-मख़ूल... निकल जा अभी हवेली से, हौर ये थैली भी लेता

जा।"

थैली के साथ जैसे उसकी ख़ुशबख़्ती भी लगी थी... बाद में कहते हैं उसने कोई कारोबार किया और ख़ुद भी बड़े बड़े नवाबों की तरह रहा जिया... सोचो बचपन से ऐसा था, बड़ा हो कर क्या न बनता कि बचपन की आदतें ही बड़े हो कर पुख़्ता और रासिख़ बनती हैं।

हवेली का नौकरख़ाना महज़ नाम का ही नौकरख़ाना था। अच्छे अच्छों से आला रिहाइश मुसीबत के मारों को नसीब हो गई। दिल में एक वसवसा ज़रूर था कि अल्लाह जाने इस इनायत और बख़्शिश का नवाब साहब क्या मोल मांगें... मगर नवाब साहिब भला क्या मांगते वो तो सिर्फ़ देने के क़ाएल थे।

एहसानों से चूर सकीना बी का बस न चलता कि अपनी जान को नवाब साहब पर से सदक़े कर के फेंक देती... किसी न किसी तरह कि कुछ तो सरकार के काम आ सकूँ। छोटे बच्चों बच्ची को और कुछ नहीं तो पाँव दबाने को ही सरकार के कमरे में भेज देती।

सरकार एक दिन मुस्कुरा कर बोले, "इतने इतने

बच्चे क्या पाँव दबाएंगे, ऐसा-इच है तो बड़ी को भेज दिया कर..."

सकीना बी ने हौल कर उन्हें देखा... याद आ गया कि उनही सरकार ने तो बेटी को ख़रीदने के लिए तोड़ा भर माली रुपये भिजवाए थे... जब रूपयों से बेटी नहीं बेची तो अब... अब ख़ाली कमरे में, बंद दरवाज़ों के पीछे यूँही अकेले बेटी को कैसे भेजे?

सरकार ने उसके चेहरे पर लिखे हुए ख़्यालात एक ही नज़र में पढ़ डाले।

"हम ना मालूम है तो क्या सोच रई। पर ये भी सोच, हम चाहते तो क्या तेरी बेटी पर-ज़ोर ज़बरदस्ती कर के उसको उठवा के नहीं मंगा सकते थे! हमको रोकने वाला कोई है क्या?"

"सरकार, आप शादी-इच कर लेयो..." मजबूर सकीना बी रो देने वाले लहजे में बोली, "जवान बेटी की इज़्ज़त कांच का बर्तन होती... ज़रा धक्का लगी की टूटी।"

"शादी?" नवाब साहब कुछ गुस्से और कुछ अचंबे से बोले, "शादी का मतलब होता है पूरी ज़िंदगी-भर की ज़िम्मेदारी ... फिर वारिसाँ पैदा हो गए तो जायदाद के झगड़े अलग उठते, तू पागल है क्या?"

सकीना डरते डरते बोली, "पन सरकार वो जब आपके शेरवानी हौर ऊंची टोपी वाले नौकर आए थे तो उन्नों तो बोले थे कि आप... वो मस्लिहतन चुप रह गई।"

नवाब साहब सच्चाई से बोले, "हम बोले थे ज़रूर, मगर हमारा मतलब वो नईं था, हम तो मुता करने का सोचे थे।"

"मुत... मुत... मुता?" सकीना हकला हकला कर बोली, "वो क्या होता सरकार।"

सरकार ने साफ़ साफ़ कह दिया, "अभी जब हम दो हफ़्ते के वास्ते जागीर पौ गए थे की नईं तो बग़ैर औरत के कैसा रहना... बोल के हम शादी कर लिए वहाँ एक छोकरी से। फिर वापस आने लगे तो तलाख़ दे को आ गए। मतलब ये कि थोड़े दिनों की शादी... तू डर मत, मगर... हम तलाख देंगे तो महर के नाम पौ इत्ता पैसा वी देंगे की तेरी दो पुश्तें चैन से खा लेना। उतार देंगे... बस हमारे जी भरने पर है कि हम कब तलाख़ देते। पर इत्ता हौर सुन ले, ऐसे ऐसे तो कई मुता हम करे, पर जहाँ किसी नीच कमीनी ज़ात से वारिस पैदा होने के इमकान हम न नज़र आए हम अपने हकीम जी से कोई भी गर्भ

दवा खिला देते की गंदे ख़ून का वारिस हम न नईं होता।"

"ये सब हराम है सरकार... ये काम हराम है। सकीना का रुवाँ रुवाँ चिल्ला रहा था मगर सकीना मैं, जी हो, या जी नईं, कहने की सकत होती तब ना... वो तो हवन्नक़ों की तरह बस मुंह खोले बैठी की बैठी थी और नवाब साहब फ़तवे पर फ़तवा सादिर किए जा रहे थे, "हम अख़द ख़्वानी कर के बाख़ाएदा ब्याहता बीबी तो बस एक ही रखे हैं, जो बड़ी पाशा के नाम से मशहूर हैं... वैसे हमने देना ही देना सीखा हैं बस... इस वास्ते अब ये जती ही ग़रीब ग़ुर्बा पोट्टियाँ, ख़वासाँ हमारे साथ रहते हम सबको बारी बारी मुता करते रहे हो तलाख़ देते रहते... आख़िर ग़रीबों का पेट तो पलना ही चाहिए न। हम नईं देंगे तो उन लोगाँ का क्या होएंगा?"

ये तो उस झुटपुटे की बात थी जिसमें नवाब साहब ने छत की ऊंचाई पर से मल्गजे अंधेरे में दूर नीचे चाँद चमकता देखा था। वो दूरी और ये क़ुरबत!

आज उन्हें ये पता चला कि उजाला क्या चीज़ थी। उंह बाल तो उन कमबख़्त ग़रीब हैदराबाद की औरतों को अल्लाह ताला ने जी खोल कर दिए थे,

उसकी कोई बात नहीं। लेकिन रंग? क्या रंग था! चांदी को घोल कर जैसे उसके जिस्म में, रग-रग में दौड़ाया गया था। फिर आँखें थीं, शराब-ओ-राब सब बेकार चीज़ है। ये आँखें तो सिर्फ़ इस लिए बनी थीं कि जिन पर उठें उन्हें होश-ओ-हवास से बेगाना कर दें। क़द-ओ-क़ामत तो जो था वो सामने ही था... अरबी शाइरी में औरत के हुस्न की तारीफ़ यूँ की गई है कि औरत के ब्रहना जिस्म पर अगर एक चादर सर पर से डाल दी जाये तो वो चादर सिर्फ़ दो जगह से जिस्म को मस करे... एक सीने पर से दूसरे कूल्हों पर से... बाक़ी चादर यूँही जिस्म के लम्स को तरसती रहे। उजाला ऐसे ही जिस्म की मालिक थी जो चादरों को तरसाता है... दो सबीह रुख़्सारों से सजे हुए वो क़ातिल होंट, जो उजाला का सबसे बड़ा सरमाया थे। वो होंट जो एक ऐसी चुप-चाप कटीली कटीली और हल्की सी तंज़िया मुस्कुराहट से महके और दहके हुए थे कि नवाब साहब अपने आपको बचा ही न सके।

सबसे ज़्यादा हैरत तो नवाब साहब को इस बात पर थी कि उन्हें हकीम साहब की मुतलक़ भी ज़रूरत नहीं पड़ी थी। वो जो बजा-ए-ख़ुद हीरों,

मोतियों, सोने चांदी और जवाहरात की कशीदा थी, उसके होते हुए किसी माजून की क्या ज़रूरत थी।

कैसे कैसे लम्हे उस नवाब साहब को अता किए कि अपनी सारी पिछली ज़िंदगी उन्हें बेकार, बे रस और बर्बाद-ए-नज़र आने लगी। उसके साथ गुज़ारा हुआ एक एक दिन उन्हें जन्नत में गुज़ारा हुआ मालूम होता... ये सब तो था, लेकिन उजाला ने कभी उनसे बात नहीं की... हर-चंद कि वो उसकी कमी महसूस भी नहीं करते थे, लेकिन फिर भी दिल चाहता ज़रूर था कि ये दो आतिशा शराब, ये क़यामत, ये फ़ित्ना कुछ जादू अपने दहन-ए-लब से भी जगाए। किसी भी बात पर बस वो हल्की सी चुभती हुई सी मुस्कुराहट के साथ सर झुका लेती। बस गर्दन की एक हल्की सी जुंबिश उसकी हर बात का जवाब दे देती।

"तुमे हमारे साथ ख़ुश है न, उजाला?"

जवाब में वो तंज़िया, हल्की सी, क़ातिल सी मुस्कुराहट और बस!

"तुम्हारा कोई चीज़ पौ जी चाहता? वैसे तो हम-इच तुम को सब दे डाले। फिर भी कुछ होना?"

गर्दन की एक जुंबिश से वो नहीं का इज़हार कर

देती।

"तुम बात क्यूँ नहीं करते उजाला... तमे इतने ख़ूबसूरत है। तुम्हारी आवाज़ भी बहोत बी बहोत अच्छी होएंगी... कभी तो बोला चाला करो।"

वही मुस्कुराहट, कुछ क़ातिल, कुछ भोली, कुछ कटीली, कुछ तंज़ में डूबी... मगर हल्की सी!

नवाब साहब की महफ़िलें जमतीं तो अपनी मिसाल आप होतीं... नाच-गाने राग रंग शबाब-ओ-शराब की महफ़िलें... वो बड़े दिल वाले थे। ऐसी महफ़िलों में अगर उनकी मुता की हुई कोई कनीज़ किसी दोस्त नवाब को जी जान से पसंद आ जाती तो वो उसे झट तलाक़ देकर दोस्त को तोहफ़े में दे देते। ये उनकी सख़ी और दिल वाले होने की छोटी सी मिसाल थी... ख़ुद उनके नवाब दोस्तों में भी यही चलता था, लेकिन ख़ुद नवाब ज़ैन यार जंग ने कभी किसी का ऐसा तोहफ़ा क़ुबूल नहीं किया कि वो बने ही इसलिए थे कि लोगों को दिया करें..लेने का सवाल उनके यहाँ उठता ही न था।

उस रात ऐसी ही एक होश-ओ-हवास गुम कर देने वाली महफ़िल सजी हुई थी... गर्मा गर्म कबाबों के तश्त आ रहे थे ... सुनहरी, नुक़रई, बिलौरीं जामों

में, जिनके क़ब्ज़े और बिठावे सोने और चांदी के बने हुए थे, शराब पेश की जा रही थी कि नवाब साहब के ख़ास हुक्म पर सुर्ख़ ज़रतार लिबास में मल्बूस उजाला, सुर्ख़ शराब का छलकता हुआ बिलौरीं जाम बन कर महफ़िल में दाख़िल हुई... जिसने देखा, देखता ही रह गया। ऊपर की सांस ऊपर... नीचे की नीचे।

नवाब साहिब फ़ख़्र से सबको देख रहे थे... वो उस वक़्त दुगने नशे में थे। एक शराब का नशा और एक ऐसी बेमिसाल हसीना के एहसास-ए-मिल्कियत का नशा था, जिसका कोई सानी ही ना था... वो फ़ख़्र से एक एक को देख रहे थे, जवाब में धीरे धीरे होश में आ रहे थे।

"इसको बोलते जमाल।" कोई दिल थाम कर बोले,

"हौर इसको बोलते चाल।"

"जन्नत के हूरों का ज़िक्र बहोत सुने। आज दुनिया में इच देख लिए।"

"अब नवाब साहब को दोज़ख़ भी मिली तो क्या ग़म। वो तो यहीं-इच जन्नत के मज़े देख डाले। ले डाले।"

"मगर, ख़िस्सत, आप ये ला ख़ीमत हीरा कित्ते में ख़रीदे?"

नवाब साहब ने फ़ख़्र से सबको देखा। जाने वो क्या कहने वाले थे कि ज़िंदगी में पहली बार... उनके साथ गुज़ारी हुई ज़िंदगी में पहली बार उजाला की बाँसुरी की तरह बज उठने वाली आवाज़ उनके कानों से टकराई... जो सवाल पूछने वाले नवाब साहब से मुख़ातिब हो कर तंज़िया लहजे में कह रही थी,

"आप लोगाँ तो बस यही जानते कि नवाब ज़ैन यार जंग बहोत बड़े नवाब हईं... बहोत बड़े दिल वाले, बहोत सख़ी दीवाल। बस देते रहते मगर लेते नईं... मगर इस हैदराबाद की, एक छोटे से ग़रीब घराने की ये ग़रीब बच्ची भी कुछ कम सख़ी नईं है... मैं आप लोगों को बताऊँ। ज़िंदगी-भर किसी से कुछ नईं लेने वाला मेरे से भीक लिया सो मैं अपने हुस्न की "ज़कात" निकाल तो भिकारियों और फ़ख़ीरों की खतार में सबसे आगे जो फ़ख़ीर झोली फैलाए खड़ा था वो यही-इच आप के नवाब ज़ैन यार जंग थे... मैं तो सुनी थी कि उन्नों ऐसे दिल वाले हुईं की किसी का कोई तोहफ़ा तक नहीं लेते, बस देते-इच रहते... फिर मैं पूछतियों की उन्नों मेरी ख़ूबसूरती

की "ज़कात" कैसा ख़ुबूल कर लिये? उनकी क्या औख़ात थी कि मेरी को ख़रीदते, मैं ख़ुद उन्नों को भिकारी बना दी।"

वो जो हर लम्हा उसकी आवाज़ को सुनने को तरसते थे, आज उसी की आवाज़ सुन तो ली, लेकिन जैसे कानों में हर धात पिघला पिघला कर डाल दी गई कि फिर उसके बाद कुछ न सुन सके... शराब का जाम उनके हाथ से छूट गिरा और इसके साथ ही वो भी लहराते हुए फिर कभी न उठने के लिए ज़मीन पर आ रहे।

www.ingramcontent.com/pod-product-compliance
Lightning Source LLC
LaVergne TN
LVHW021239080526
838199LV00088B/4992
* 9 7 8 9 3 5 8 7 2 8 3 0 9 *